新潮文庫

それでも日々はつづくから

燃え殻著

新潮社版

12000

それでも日々はつづくから　目次

それでも日々はつづくから

疲れると人間に会いたくなるのだ

高円寺の風呂《ふろ》なしアパートに住んで二十五年の友人がいる。人生に疲れると、彼の顔が見たくなる。彼は頑《かたく》なに働かない。二十五年で彼が働いた日は、一カ月もないと思う。「それはどうなの？」と必ず突っ込まれる方法で彼はなんとか生活しているのだが、相当に「それはどうなの？」案件なので、ここでは詳細は割愛する。

とにかく彼は労働に向いていない。僕だって本来向いていないが、延々と働いてきてしまった。「それを向いているっていうんだよ」と突っ込まれそうだが、彼から「お前、仕事するの向いてないよ」と言われたことがあるので、確かな筋の情報として信じてもらいたい。

車を買うわけでもない、時計も買わない、家も買わない、服も別にユニクロでいいし、グルメでもなんでもない。女遊びが過ぎるわけでもない。借金もローンもない。そんなに働くいわれがないのだ。

「人は働くもんだ」くらいの理由で働いてきてしまった。やり過ぎてしまった感すら自分の中にはある。世間の目さえ気にしなければ、あっという間にその友人の横で万年こたつに入って、一日の大半を過ごす人間になれた。

世間の目、親の「健康第一よ、でも世間の目って、それ以上よ、ここだけの話」にもことごとく負けてきた。機械のようにほとんど毎日決まった時間に起きて、決まった場所に行って仕事をしてしまう。会社を休職する前はもちろん、休職してからも朝は起きるし、仕事場を借りてそこで原稿を書いて、メールを返す。メールなんて返すのが早過ぎて、編集者から「寝てください」と心配されるほどだが、これが器用に寝てもいる。どうにも人間ぽくないのだ。

働かないその友人は一丁前にSNSはやる。彼のアカウントをこの間覗《のぞ》いてみたら、政治的発言をバンバンして、ネットの世界で有象無象と思いっきり戦っていた。若干羨《うらや》ましかった。僕もいまの政治に言いたいこともぼやきたいこともそこそこあるが、ほとんどの場合押し黙って生きている。飲みの席で、少し皮肉を言う程度だ。他人の反応を先読みしていて、色付けされないようにしている。まったくもって人間ぽくない。

働かない友人はさらに一丁前に複数の女性と付き合っている。「それはどうなの？」と必ず突っ込まれる行い多数なので詳細はこれまた割愛するが、彼と付き合っている女性たちがみんな不幸っぽくないのだ。こっちは一人の女性すら満足させることもできないまま生きてきてしまったのに。

久しぶりに本腰の入った疲れと、面倒な人間関係に巻き込まれてしまい、この世がホトホト嫌になって、僕は高円寺に向かった。そして彼のアパートの部屋のドアをノックする。

「開いてまーす」

ピッキング犯ならズッコケる声が扉の向こうからした。彼は一年中、部屋に鍵《かぎ》をかけない。僕が「おつかれー」と扉を開けると、中から柴犬《しばいぬ》が一匹走ってきて、部屋の中をぐるぐる回って、それから彼の横に座った。「この間から一緒に住むことになってさ」と彼は万年こたつの中に入ったまま柴犬の頭を雑に撫《な》でた。なんでかは訊《き》いても仕方がない。そうなんだ、と言って僕も万年こたつに足を入れた。

疲れると彼の顔が見たくなる。人間に会いたくなるのだ。

解放してあげるよ

それは冬の朝だった。

目黒川のほとりにあるカフェは、音飛びがやけに激しいレコードからサラ・ヴォーンが、いい具合に人生を奏《かな》でていた。店内には僕たち以外、客は誰もいない。まだ午前八時をすこし回ったところで、街は半分寝ぼけているように感じた。

パトカーのサイレンの音が遠くで聴こえていた。目の前でホットティーをズズとすすっている彼女も、眠たそうに目を閉じたままだ。

僕はホットコーヒーを一口飲んで、昨日の酒に内臓がまだ痛めつけられていたことに気づく。胃がズキンと音を立てるように硬くなる感覚を味わう。ホットティーにすればよかったと早くも後悔していた。目黒川沿いは桜の名所で、春になるとこの辺り一帯、満員電車のような混み具合になる。

「春になったら、またこのカフェに来ようね」

彼女はまだ目をつむったまま、冗談だよという含み笑いを浮かべながら言う。そしてまた、ズズズとホットティーをすすった。

前日、僕と彼女は三年半付き合った関係を解消することに決めた。彼女の部屋にある僕の私物を真夜中に引き取りに行き、なんだかんだで一泊してしまった。どうしようもない朝だった。しかしダメだね、そんなことを僕は目黒川のほうを見ながらつぶやいた気がする。

「わたしもダメだね。向いてないんだ人間」と彼女もため息交じりに言う。カフェの店主とはすっかりふたりとも顔見知りになっていたので、「どうしたの？　朝が苦手なふたりが」とスコーンをオマケしてもらう。これからこの店に来づらいなあ、と僕は思った。彼女が声のトーンを落として、「もうこの店に来づらいね」と言った。思わず苦笑してしまった。

僕たちはやけに気が合った。別れるのが惜しいくらいには気が合っていた。ただ彼女はモテる人で、その頃の僕は気が焦《あせ》って、ずっとイライラしていた。数カ月前から関係は破綻《はたん》していたんだと思う。そんな僕を「解放してあげるよ」と言わんばかりに彼女は別れを切り出し、最後に一夜を共にした（そこは関係ないだろ）。いつも行っていたカフェで、モーニングを食べて、さようならをしよう、と提案された。

「もうすぐ二〇〇一年だよ。ウケるね」

もう何がウケるのかウケないのか、これを記すべきなのかべきでないのか、僕にはまったくわからないが、彼女のセリフを憶《おぼ》えている。トイレが近い僕は、ちょっと、と席を外す。戻って来ると彼女の肩が震えているのに気づく。相変わらず店内には僕と彼女と店主しかいない。店主のほうに目をやると、スッと視線を逸《そ》らしてくれた。

呼吸を整えてから、咳払《せきばら》いを一つして、僕は席に戻る。彼女はベチャベチャと顔にたくさんついた涙を両手で拭《ふ》いて、「泌尿器科《ひにょうき》に行くんだよ」と母親のようなことを言う。「それから人間ドックにもちゃんと行って」「あとお酒は飲まない日も作ってよ」と言って、また泣いた。

僕は「わかった」「わかった」「わかったよ」と告げる。彼女が目黒川のそっけない冬の桜の木を眺める。涙は流し放題だ。そして彼女はおもむろに言う。

「桜って偉いよね。ちゃんと飽きられる前に散るんだから」と。

「いま、広島だよ」と打ち込んで、結局、中目黒で降りていった

「いま、広島だよ」

僕の真横で、三十代くらいに見えるサラリーマンが、ＬＩＮＥでその文面を打ち込んでいた。朝の東横線は、コロナ慣れしたマスク姿の社会人で、まーまー満員だった。僕は身動きが取れない体勢だったこともあり、その文面をモロに見てしまった。次の瞬間、電車のドアが開いて、僕もそのサラリーマンも強制的にホームに降

ろされる。駅は武蔵小杉《むさしこすぎ》だった。断じて広島ではない。

サラリーマンは、そのあとも一生懸命カタカタとスマートフォンと格闘していた。もう一度車両に乗り込んだとき、少し離れた位置になってしまい、そのあとどんな広島紀行を綴《つづ》っていたのか、確認することはできなかった。

「嘘《うそ》をついたことがない」

そんなことを四十を超えて真顔で言う人間がいたら、その人間が一番の嘘つきだ。すべてのＬＩＮＥが全部公開されて、何ら問題のない人間はこの世に存在するのだろうか。生まれたての赤ちゃんか、死にたてのお年寄り以外、存在しない気がする。その人は文豪の手紙より、隣に座ったＯＬのＬＩＮＥのほうが見たい生き物だ。そのサラリーマンは結局、中目黒で降りていった。

僕が専門学校に通っていた頃、女の子に「吉祥寺に美味《おい》しいチャイを出す店があるから行かない？」と誘われたことがあった。チャイなんて洒落《しゃれ》た飲み物はそのときまったく知らなかったけれど、女の子に誘われて断る理由はいまも昔もまったくない。

彼女とはスーパーマーケットのバイト仲間として知り合った。ある日、駐車場にあったタバコの自販機の補充を、店長に頼まれたときのことだ。彼女がポイ捨てされたタバコの吸い殻を一つつまんで「タバコって嫌い。体に悪いし、ゴミは出るし」と言う。僕は子どもの頃に肺炎をやっているので、タバコを吸ったことが生まれてこのかた一度もない。彼女にそれを伝えると、「タバコ吸わない人、わたし好きだな」と言った。そこはかとなく彼女のことが好きになった。吉祥寺に行ったことはなかった。チャイも飲み物だということすら知らなかった。それでも二つ返事で行くことに決めたのは、やっぱり彼女のことが好きになりかけていたからだと思う。

約束の時間よりもかなり前に僕は喫茶店に着いてしまった。とりあえず窓際《まどぎわ》の席にでも座ろうかと店内を見渡すと、彼女がもう来ていてぼんやり外を眺めている。僕は思わず身を隠してしまう。彼女がぼんやりと外を見ながら、細い外国製のタバコを口に咥《くわ》えていたからだ。彼女は、慣れた感じで「ふ〜」と気持ちよさそうに口から煙を吐く。店内で隠れるようにして、その姿を見ていた僕に「お待ち合わせですか？」と店員が訊いてきた。

その声に彼女が振り向く。一瞬だが、僕と目があった。彼女はなんとなくばつが悪そうに、へへっといった感じで笑った。そのとき、僕は何を思ったか、そのまま店を出て、振り返ることなく駅まで走った。思わず嘘をつきたくなることも生きているとままある。ただそれだけのことがあのときわかっていたら、僕と彼女のつづきがあったのかもしれない。さっきよりもだいぶ空いた東横線の車両の中で、そんなことを少し考えていた。

世の中は とにかく ミュージシャンに甘い

「あの人はアーティストだから」

送ったメールが返ってこなかったとこぼしたとき、編集者の人に言われた言葉だ。アーティストだと返信不要なのか。僕には半日返信がないだけで、「死んだのかと思って連絡してみました」と心配したそぶりで急《せ》かすくせに。とにかく世の中はアーティストに優しい。特にミュージシャンに甘い。

この間、某ミュージシャンと会食があった。一行だけ自慢をさせてもらうと、某ミュージシャン側から会いたいと呼ばれ、その店に行った。つまりお客さん気分で店に入った。それなのに時間になっても、先方は現れない。どころか店員も来ない。

先方は誰もが知っている人なので、完全個室を予約していた。個室が完全すぎて、店員がまったくやって来ない。個室の内装はどこもかしこも真っ白でだんだん意識が遠のいていきそうになる。狭い完全個室に編集者とふたり、無音でいすぎて、「ぎゃー！」と声を出したくなった。出してみた。編集者もいろいろ溜《た》まっていたのか、「あー！」と叫ぶ。そのとき、先方が入ってきた。

「大丈夫ですか？」

先方の一言目がそれだった。大丈夫ではない。おっさんふたりが叫び声をあげるくらいには待たされた。

「会いたかったですよ〜」

二言目がそれだった。詫《わ》びたら死ぬ体質なのか、と思った。そして先方が座った途端、店員が来て、お冷やが置かれる。店員とは顔なじみみたいで、近況を話し合って、グータッチをしていた。編集者を見ると、完全に媚《こ》びた表情で、軽くヘラヘラ笑っている。軽蔑《けいべつ》しようと思ったら、僕も同じぐらい微笑《ほほえ》んでいることに気づき、見なかったことにした。その後も詫びることは一切なく、いかに僕の書いたものが好きかを語ってくれた。詫びることは一切なく（念押し）。

もう十年以上前、友人の結婚式に参列したときのことだ。つつがなく式は進み、余興の時間になる。友人の新郎は売れないバンドマンで、結婚を機にバンド活動をやめて、地元の不動産屋の営業として再出発するという話を事前に聞いていた。余興は元バンド仲間たちの演奏という、なんとなく泣けるかもしれない出し物だった。

「今日は本当におめでとう」

アコースティックギターを持った元バンド仲間たちが、そう挨拶《あいさつ》すると、新郎は早くもハンカチで涙を拭《ぬぐ》っている。こちらもウルッときた。

「では、皆さんもご一緒に手拍子お願いします」

慣れた感じで、手拍子を促す。新郎新婦もそれに倣《なら》う。僕もつられるように加わった。そうして始まったのは、誰も聴いたことのない曲だった。いや新郎だけは大声でシャウトしていた。あとはロポカンの彼らのオリジナルバラードだった。

誰もが手拍子すらどう取っていいかわからず、だんだんとドタドタした感じで乱れていく。それでもなんだかいい曲っぽい感じで最後まで歌い上げ、ギターをかき鳴らすと会場は拍手に包まれる。そしてスタンディングオベーションが沸き起こった。僕も仕方なく、その場の空気に押されて席を立ち、手を叩《たた》いていた。拍手をしながら、世の中はとにかくミュージシャンに甘い、とつくづく感じていた。

四十代も半ばを過ぎて

四十代も半ばを過ぎた。差し入れのお菓子の選択肢を、一つや二つは持っておきたい。

先日、トークイベントにゲストで出ることになったとき、楽屋に花が届いていた。贈り主は、東洋一モテる写真家。花と一緒にいま人気のスイーツが一箱添えられてあった。

そのスイーツをスタッフが、そこにいた人たちに配ると、「美味しい！」「これ、今月号の雑誌で特集されてたやつじゃない？」とそこにいた女性陣を中心に賑《にぎ》やかになり、場が一瞬で和んだ。さすがだ。（ナイス差し入れ！）。心の中で、親指を立てた。僕もナイスな差し入れが出来る人間になりたい。それが僕の密《ひそ》かな目標となった。

よく通っていたお好み焼き屋の三代目から、引退を機に描きためていた油絵の個展を開くというハガキが届いた。差し入れのチャンス到来だ。それに申し訳ないが、練習として規模的にもってこいの案件だ。あそこのお好み焼き屋の主人は酒が飲めなくて、甘いものが好きだと言っていた気がする。個展会場は横浜とあった。

僕の答えは、横浜銘菓『ありあけのハーバー』だった。小さな個展会場の隅で、包装紙を雑に破く三代目は、「悪りいなぁ」なんて言いながらニヤケている。三代目の奥さんもニコニコとそれを見守っていた。場が和んでいる。

差し入れはやはり大人の嗜《たしな》みなのだ。犬が破いたようなバリバリの包装紙から出てきたハーバーを見た三代目から思わず心の声が漏れた。「ハーバーか」

三代目の奥さんも、二十点くらいの喜び方に見えた。横浜でやる個展に横浜の銘菓の差し入れは安直だった。来場したお客さん用に用意されていたお菓子もハーバーだった。ハーバーには何の落ち度もない。差し入れ道はかくも難しい。

差し入れ道を極めようと、手土産特集をしている雑誌を買ってみた。歌舞伎《かぶき》役者がここぞとばかりに、一般人ではなかなか手に入らないおいなりさんとか、即完売のどら焼きなんかを紹介している。実に為《ため》にならない。

そんな差し入れ道で迷子になっていたとき、大手芸能事務所でマネージャーをしている人と話す機会があった。

「差し入れとか、どうしてます？」

こうなったら恥も外聞もない。大手芸能事務所のマネージャーは日々、東に行っては差し入れをし、西に行っては差し入れを受け取っているはずだ。マネージャーはしばらく、ウ〜ンなんて腕組みしながら考えて、「これはちょっと飛び道具なんですが、外したことがないキラーカードがあります！」と言う。よろしくお願いしますと、僕はいつもタメ口のマネージャーに最大限の敬意を表しながら答えを待った。

「いまはこれ一択です」

マネージャーの大きなトートバッグから出てきたものは、『鬼滅《きめつ》の刃《やいば》』第一巻だった。「差し入れです、とドーンとテーブルに置いてみてください。読んでない人は必ず手に取り、アニメで観《み》た人は『鬼滅の刃』論を語り出すんです」とマネージャーは言った。下手な花や団子よりいまは鬼滅です！　と言い切った。

「『鬼滅の刃』は、おかきなんです。差し入れた痕跡《こんせき》とインパクトも残せます」

一言ひとこと、僕は噛《か》みしめるように聞いていた。差し入れ道はまったくもって奥が深い。

暗証番号は1010、私の誕生日、10月10日

新宿三丁目にあるスターバックスは基本的にいつ何時《なんどき》でも混み合っている。その日も店内はほぼ満席で、外は霧雨が降っていた。僕は前日が締め切りだった原稿をまだ送れずにいて、焦りに焦っていた。その間に、隣の席の客が何人か入れ替わったけれど、こちらの原稿との格闘はなかなか終わらない。

何人目かの隣の男性客が、僕同様にノートパソコンを開いて、カタカタと何かを

打ち込み始めた。そして、「久しぶり！　どうよ！　コロナどうよ！」とパソコンの画面に向かって、結構な大声で突然話しだす。イヤフォンをした男性客の声が、ほぼ満席のスターバックスに響きわたる。

向かいのＯＬ二人組や、一人で勉強中だった女の子が一斉にその男性客に注目する。「それでさ、来年の春の企画だからまだ、言えないやつなんだけど、あっ聞いてるよね。オッケー、オッケー、まずイベントの件からいきましょうか」とガンガン社外秘を喋《しゃべ》り始めた。

僕もさすがに気になって思わず目をやると、ノートパソコンの中に数人の人間が映っていた。男性客はリモート会議を、満席のスターバックスで始めたのだ。

リモート会議は、議論が進むにつれてヒートアップしていき、声はさらに大きくなる。初老の男女が、あからさまに嫌悪感《けんおかん》を示す表情でその男性客を睨《にら》みつけていたが、当人はノリノリで話しているのでまったく気づく気配がない。

誰かが文字起こしをして、ネットに晒《さら》してほしかった。それくらいの騒音で、それくらいには社外秘が含まれている内容だった。

春頃、僕は日比谷線に乗っていた。スカスカの車両に一人のおばあさんが入ってきた。席に座ると、おばあさんは持っていた手さげ袋から携帯電話を取り出す。そしておもむろに、電話をかけ始める。スカスカの車内には、誰も電話を注意する人はいない。おばあさんは、電話の向こうの人の声が聞きづらいのか、だんだんと声が大きくなっていく。

「はい、えっ？　はいはい、だから銀行のカードはいま持っています」

スカスカの車内だといっても、僕の他に数名は乗っている。話はだんだんと雲行きが怪しくなっていき、僕を含めた乗客も、どうしてもおばあさんの会話に聞き耳を立ててしまう。そして、おばあさんが禁断の会話を始める。

「えっとね、暗証番号は、１０１０です。私の誕生日、10月10日。覚えやすいように１０１０にしてるのよ」

おばあさん、とっても覚えやすいです（スカスカの車内の客全員の心の声）。おばあさんはそのあとに、息子の離婚、犬の危篤《きとく》、と次々に大公開していく。僕と一緒に乗っていた会社の後輩が「あとはカードさえあれば、なんとかいけそうですね」と耳打ちした。音速で引《ひ》っ叩《ぱた》いた。

日本の治安は、ギリギリまだどうにかなっているみたいだが、近い将来、新宿のど真ん中のスターバックスで社外秘を大声で喋ったら、取り返しのつかないことが起きるだろう。日比谷線のおばあさんも、あっという間に全額下ろされてしまう社会になりそうな気がする（暗証番号は１０１０）。

ハッカーが登場するまでもない情報ダダ漏れ大国だが、そろそろ本気で危ないかもしれない。

チーム『それでも日々はつづくから』

友人のカメラマンと中華料理屋で飯を食っていたとき、僕の海老《えび》チャーハンの海老が美味しそうに見えたらしく「一つもらっていいっすか」と箸《はし》で海老を持っていかれた。普通のチャーハンは七五〇円、海老チャーハンは八五〇円。頼むときに少し悩んだ。少し悩んだ結果、奮発して海老チャーハンにした。友人は普通のチャーハンを頼んだ。

僕の前に運ばれてきた海老チャーハンには、海老が二尾のっていた。メインは最後まで取っておく派なので、海老以外のチャーハン部分から山を崩すようにれんげを入れる。そのとき、友人から「一つもらっていいっすか」の声がかかったのだ。そして一尾、普通のチャーハンの上にのっかった。僕のチャーハンの上には、海老が一尾残りましたとさ。めでたしめでたし。

待て待て、と僕はストップをかける。海老二尾のうち、一尾持っていったら、同じレベルのチャーハンになってしまうじゃないか、と久々に凄《すご》んだ。友人は「あー」と言いながら、海老を口の中に入れた。「あー」と僕も、言葉にもならぬ失望感が口から漏れた。

Aを選択しても、Bを選択しても、行き着く先は一緒だったということはないだろうか。僕が週刊新潮でエッセイの連載を始める際、最初に編集Tさんから訊かれたことは「挿し絵はどなたにしましょうか？」だった。その質問をメールで受けたとき、僕は高円寺の喫茶店にいて、大橋裕之《ひろゆき》さんの『ゾッキA』を読んでいた。高円寺の喫茶店で大橋裕之さんの漫画を読む時間。ベストゆるゆる大賞を自分から自分に贈呈したい。

創刊六十五周年を迎える週刊誌で、僕のようなものが連載をするならば、イラストレーターはどこで何をするにも平常心な人がいいと思った。「大橋裕之さんでお願いしたいです」と返信していた。

ただまったく面識がなく、どー考えてもお忙しそうだ。さらに洒落た感じの雑誌でしか見かけない（週刊新潮が洒落てないとかではなく、ヤングな雑誌でしか見かけないというか、なんというか……）。まー言うのはタダだ、と第一希望の大橋裕之さんの名前しか伝えなかった。するとすぐにお引き受けいただけると連絡が入り、銀座で編集Tさんたちと大橋さんと食事をすることになった。

初対面の大橋さんは物静かな人だった。僕は初対面がとにかく苦手で石になってしまった。あまりの静けさに、息苦しくなったもうひとりの編集Tさんが、壁にかけてあったどうでもいい絵を褒めだした。そのとき、大橋さんがおもむろに口を開く。

「燃え殻さん、挿し絵のタッチなんですが、ササッとラフに描いたほうがいいですか？　それともゆっくり描く感じがいいですか？」

編集Tさんが本当はどうでもよかった壁の絵の話を即座にやめ、僕の回答を待っている。僕も唯一《ゆいいつ》になるかもしれない貴重な質問に、考えを巡らす。

「そうですね……やっぱり、ゆっくりと描く感じが」

僕がそう切り出したときだ。大橋さんが「あの、ササッと描いても、ゆっくり描いても、だいたい同じ感じの絵になってしまうんですが」と初めて笑ってくれた。僕も思わず笑ってしまった。ふたりの編集Tさんも笑っていた。一緒にやっていけそうだと思った。

目黒川
沢田にとって高2の頃1コ上の先輩たちにボコボコにされたことが人生で1番悔しい出来事だった
沢田は幼い頃からゆううつな気分になるとよく近所を流れる目黒川を眺めに行っていた
川の水面を眺めていれば不思議と心は落ち着いていった
沢田は高校を中退すると任侠の道に足を踏み入れた
しかし早々にヘマを犯し組から追われる身となった
まて！
偶然通りがかった目黒川に身を潜めた
水面をみつめ続ける人生か…
その日の目黒川はいつにもまして水深が浅く昔捨てられたであろう自転車が顔を出していた
ん？
これ昔流行った5段変速付き…
これオレのチャリンコだ！
それは小4の頃親にせがんで買ってもらったのに1日で盗まれた沢田の自転車だった
さわだ
思い出した…
オレが人生で1番悔しかったのはこれが盗まれた日だ
もうおしまいだと思っていた沢田の心にみるみる力が湧いてきたという

1 目黒川

目黒川が東京の桜のメッカになったのは、ここ十年くらいのことだと思う。それより前は花見をする人はいるにはいたけれど、それなりにだった気がする。僕の知り合いは目黒川沿いに住んでいて、桜の時期に女の子を連れ込もうとすると、ほぼ一〇〇％の確率で成功すると胸を張っていた。その高い成功率は彼の魅力や財力もあるのだろうが、目黒川の桜がイケてることが公認となっているからだと思う。

神谷町《かみやちょう》のちょっと外れに、東京とは思えない、ただの広場がある。そんなに広くなく、ベンチがポツンと二つ置かれてあるものの、公園といった感じはしない。都や区が管理している土地ではないのか、整備されている様子もない。つとめていた会社は神谷町にあり、昼になると僕はサンドイッチとコーヒーを買って、その広場へ行った。そこで誰かと鉢合わせたことはない。エアポケットとはこのことか、というくらい通る人、通る人が素通りしている。そこに大きな木が一本、ドスンと根を張っている。ベンチと大木と僕以外なにもない場所は、とても居心地がよかった。

春になったときだ。僕はベンチに座りながら、その大木を見上げた。空に向かって伸びた枝には、満開の花が美しく咲いている。「ああ、お前は桜だったのか」僕はそう話しかけていた。

俺さ、井上陽水と飯を食ったことあるんだよ

人と話すときマウントを取らないと死ぬんじゃないか、という人間がこの世には存在している。「とにかく自分は物知りで社会経験もあり、金にも不自由してない。さらにマナーも熟知しているんだぞ」と無言で訴えてくる人間がいる。そんな人間いるんですか？　と質問する人には、「あなたの人生、相当ついてますよ」とお伝えしたい。ついてる人生とは、面倒な人との関わりが少ない星の下に生まれること

なんじゃないかと真剣に思う。

今日、僕は新宿駅で降りて、打ち合わせ場所の喫茶室ルノアールに定刻通り着いた。待っていたのは、マウントおじさんこと山本さん（仮名だったらいいな）。山本さんは、とある企業の広報だ。企業パンフレットについての打ち合わせだった。

「君が降りてきた新宿駅の一日の平均乗降者数、知ってる？」

山本さんは質問しておきながら「三百五十三万人、これはギネス記録」と即答し、胸を張った（自分が新宿駅のように）。

「知りませんでした」

棒読みで僕は答える。

「ナポリタンを最初に出したお店はどこか知っている？」

話が長くなりそうなので、僕は仕事の話を始めることにした。

「すみません、こちら資料です」

山本さんは何もなかったように資料に目を通し始めた。

専門学校生だったとき、三週間だけ、デザイン会社で研修という名の奴隷《どれい》生活を送ったことがある。トイレ掃除とお菓子の買い出し、配達が主な仕事だったが、業務が終わると、社長を車で送るという、奴隷の中では一番重要な任務が待っていた。社長は四輪駆動のベンツの後部座席で、よく資料の整理をしていた。ある日、「お前ってどんな曲聴くの？」と赤信号につかまっていた僕に聞いてきた。

「フリッパーズ・ギターっすね」

僕は社長に合わせて、気の利《き》いた返しをする社会性がまだなく、ただ普通に答えてしまった。演歌の『氷雨《ひさめ》』をスナックで歌うような社長にフリッパーズ・ギターをぶつけることないだろ！　といまだったら、突っ込みたいところだが、とにかくそのとき、僕はまだ若すぎた。「特に『スライド』が好きなんです」と追い討ちまでかけてしまった。すると、氷雨（社長だ）が平然と言った。

「あーあの曲ね、いいよね」

こんなに正面玄関から入ってきて、すぐに嘘だとわかる嘘は初めて聞いた。いまなら、合わせて頂きありがとうございました、と言いそうなところ、「ラップ、お好きなんですね」とカマをかけてしまった。

「その辺のラップはよく聴くよ」

氷雨（社長だ）は平然とそう返してきた。車内を静寂が包む。そして氷雨が話を変えるように、無駄な自慢をしてくる。

「俺さ、井上陽水と飯を食ったことあるんだよ」

「だからなんだ」

そう心で唱えながら、「すごいっすね」と返してみた。

「朝日新聞に俳句が載ったこともある」

「『も』ってなんだ」もう一度、心の中で突っ込んでしまう。上からしかコミュニケーションが取れない人間がこの世にはいる。その三週間だけ世話になった社長の口癖は「人の話を聞け！」だった。コミュニケーションは、一方通行では成り立たない。人間関係で大切なことは、「独占ではなく、共有だ」と奴隷生活で学んだ。

まーまー好きだった人

夜、一気に冷えて、とにかくうまいものより温かいものが食べたくなり、まーまーな味のちゃんぽん屋を目指した。店の前まで来ると、店内が真《ま》っ暗闇《くらやみ》。入り口に、「閉店のお知らせ」が貼《は》ってあった。

殺伐としたコロナ禍の中で最初に淘汰《とうた》されるのは、まーまーの店だ。ミシュラン三つ星の店でもコンビニでもない。

うますぎず、まずすぎない日常使いの店から消えていく。街の風景の良し悪《あ》しは、そういう店があるかないかで本当は決まるというのに。

僕はまーまーいい加減に生きながら、たまに思い立ったようにサプリメントで鉄分を摂《と》ったり、まーまー高い値段のハンドクリームをたまに買うような人間だ。毎日三つ星の店や毎日コンビニ飯だったりしたら、僕はちょっと生きていけないような気がする。

だが、まーまーの店はとにかく軽視されがちなので、何か起きると真っ先に世の中から消えていく。あまりに街に馴染《なじ》んでしまい、日常生活と同化し、ありがたみがわからなくなっている。

でも僕には、そのくらいの店が、一番居心地がいい。店主が眉間《みけん》にシワをよせて味を追求しない店、朝イチで豊洲《とよす》に仕入れに行かない店などが、僕を安心させてくれる。

現状維持でもよくね？　みたいなテンションで働いている店主が作るまーまーな味のちゃんぽんは、人を緊張させない。気を抜くと半分残してしまいそうな味だが、半分残しても、完食しても、店の誰もが気にしていない感じがいい。

言葉を尽くしても良さが伝わりそうにない。完全に僕の語彙《ごい》の少なさと表現力のなさのせいだ。とにかくそういうものが失われていき、世の中が極端になっていくと、僕は息苦しい。

アカデミー賞の受賞作は素晴らしいが、深夜に途中から観たまーまーの映画で泣いてしまったことはないだろうか。僕はある。それは『摩天楼はバラ色に』というB級ハリウッド映画だった。

一緒に観た人は、恋人ではなかったが、友達にしてはお互いいろいろなことを知りすぎて、やりすぎてしまった相手だった。彼女と一緒にコーラを飲みながら、深夜にたまたまその映画を観た。途中から観たというのに、ふたりしてティッシュ箱を奪い合うほど泣いてしまった。僕は泣いたついでに心にもないことを口走ってしまう。

「好きだよ」

どう考えてもテキトーだった。そのときの彼女の返答は輪をかけてテキトーだった。

「私もまーまー好き」

まーまーぐらいで、あんなことやこんなことをしていいものかと思ったが、「ありがとう」とこれまたテキトーに返答していた。そして僕は彼女を抱きしめた。いま思い出しても、まーまーサイテーな話だ。

でもなぜか、そんな彼女のことを忘れられなかったりする。まーまーいい思い出なのかもしれない。誰よりも好きだった、とは言い難い。しかし、遊びだったというほどドライな間柄でもなかった。気を抜くと人生の風景に溶け込んで紛れてしまいそうな彼女のことを、なんとか忘れないようにしたいと思っているのかもしれない。

ちゃんぽん屋の真っ暗な店内を眺めながら、僕はまーまー好きだった彼女のことを思い出していた。

ナポリタン、インスタ映え前夜

僕が子どもの頃、住んでいたマンションの一階には、喫茶店が入っていた。店の名前は喫茶「白鳩」。いまみたいに純喫茶が「映《ば》える」時代ではなかったので、近くにできた大型スーパーのフードコートが始めたコーヒー一〇〇円サービスに押され、喫茶「白鳩」は連日閑古鳥が鳴いていた。マスターは岸部一徳に似ていて、店の奥の席で週刊誌片手に囲碁の棋譜並べをしていたのを憶《おぼ》えている。

僕の両親は共働きで、家にいないことが多かった。小学校の帰りに、よく喫茶「白鳩」のナポリタンを食べた。お代はマスターがツケにしてくれていて、母親がまとめて払っていたと思う。

ＢＧＭもない喫茶「白鳩」の店内は、静まり返りすぎていて怖いくらいだったが、僕はそこで静かにナポリタンを食べる時間が好きだった。

岸部一徳似のマスターが「ナポリタンばっかで悪りいな」と声をかけてくれたことがある。「おいしいです」と答えると、レモンスカッシュをサービスしてくれた。

僕が中学に入る直前に、喫茶「白鳩」は突然閉店してしまう。マスターが家賃を払えず、夜逃げをしてしまったのだ。店で飼っていた鯉《こい》のように大きな金魚を残して、マスターは消えてしまった。

あの金魚はどうなるんだろう？　と母に尋ねた気がする。大きな水槽に水草と苔《こけ》がびっしりとつき、ヌシのような金魚が水槽の中を悠々と泳いでいた。

昨日、駒沢《こまざわ》大学駅からすぐの雑居ビルで打ち合わせがあった。時間よりも早く着いてしまって、喫茶店で時間を潰《つぶ》すことにした。

初めて入るその店は、いま流行《はや》りの純喫茶っぽい造りで、まだ若いマスターがひとりで切り盛りしている。メニューの端には、インスタグラムのアカウント名や、Tシャツなど店オリジナルのグッズも売っていることが記されていた。ジャズのレコードを、マスターが選んでは針を落とす。カウンターにいた女性が、かかっている曲についてマスターに質問していた。

そのあと、「何にしましょう?」と僕のところにマスターが注文を取りに来たので、ナポリタンとアイスコーヒーを頼んだ。ちょうどランチの時間が終わったあたりで、隣の席にはサラリーマンがひとりで座っていた。

しばらくすると、そのサラリーマンのもとにナポリタンが運ばれた。粉チーズとタバスコもテーブルの上に置かれる。ナポリタンの具はソーセージと玉ねぎ、それにマッシュルーム少々だった。量はかなりのもので、ハンドボールくらいはある。

サラリーマンはおもむろにスーツのポケットからスマートフォンを取り出す。カシャ、と一枚写真を撮った。そのあともまだフォークは持たない。撮った写真を確認していた。きっとこのあと、インスタグラムにナポリタンの写真をあげるのだろう。

喫茶「白鳩」のマスターはあの後、どこへ行ったのだろうか。ずいぶんと長い時間が流れた。あの頃、なんでもなかったナポリタンが写真に撮られるくらいには、月日だけは過ぎ去っていった。

プロドタキャン

新しいメガネを作って、取りに行くまでに半年かかってしまった。もうそれは新しいとは言えないのでは？　と思うくらい時間が経《た》ってしまった。渋谷のとあるメガネ屋で数年に一度、メガネを買っている。

「では二週間後にお渡し致します」

店員にそう言われ、二週間が経った頃、僕はもう他の出来事や事象、トラブルに追われてしまって、メガネのことを考えられない状態に陥っていた。そして次に訪ねるのが半年程先になってしまう。

礼儀正しすぎる接客だった店員から、丁寧な言葉遣いながら「いい加減にしろ」といった内容のメールが届いた。客だというのに謝罪めいたメールを送って、頭を下げて取りに行くはめになる。何らかの病名が付きそうだ。

約束を守るという社会人として最低限のことができないまま、四十代も半ばを過ぎてしまった。結構楽しめの約束ですら、忘れてしまうことがよくある。

美女と焼肉、という約束が数カ月前にあった。相手はとにかく仕事が忙しい美女だった。一度お食事でも、というありがたいお誘いを女性から受けて、「是非！あー緊張するなあ」と馬鹿《ばか》メールを返し、日程をすり合わせた。

東京で働く仕事が忙しい美女は、美味《おい》しい店をやたらと知っている。「何が食べたいですか？」とメールが来て、「焼肉とか」と完全に受け身で返してしまった。すると速攻で、「食べログ」のリンク付きで焼肉屋の候補が数軒送られてくる。

どの店もやけに美味しそうで、写真が薄暗くて、「東京カレンダー」臭がした。その中の一軒を選ぶと、「予約しておきますね」とすぐにまた返信が来て、数分後には「予約が取れました」と完了メールが届いた。東京で働く仕事が忙しい美女は、約束事をマッハでまとめることができるのだ。「ありがとうございます!」と返信して、数日が経った。その場で手帳に記さなかった自分に一〇〇%非がある出来事が勃発《ぼっぱつ》する。

「いま、どこですか? 場所、わかりますか?」というメールが届いた。美女との約束の時間から、三十分が過ぎていた。僕はそのとき、コメダ珈琲《コーヒー》店で原稿を書いていた。「あ! すみません! いまから出ます!」と焦《あせ》って返すが、「ムリしないでください。今日はなしにしましょう」と丁重にお断りされてしまった。小学校の道徳の時間から人生をやり直したい。

これとはパターンが違うものだと(まだあるのか)、だんだん約束が近づいてくると断ってしまいたくなる、という病も持ち合わせている。それがどんなに美女だとしても(また美女か)、二、三日前になると、「かなり喉《のど》が痛いので、申し訳ないんですが、別日にしてもらってもいいですか」とリスケをお願いしてしまったりする。そこまでしたのに、その時間に原稿も書かずただコメダ珈琲店にいたりする(またコメダか)。

自分にホトホト呆《あき》れる。ストレスがかかる約束でなくても、そういうことをやらかしてしまう。ストレスがかかるものだと、その確率はかなり高まる。

そりゃあんたダメだよと、書いていて我ながら思う。でも治らない。医者に行って診てもらったほうがいい気がする。そういえば、歯医者に予約していたことを忘れたまま、数カ月が経ってしまった。

「袋、いりますか？」「あ、大丈夫です」

コンビニで「袋、いりますか？」と訊《き》かれると、反射的に「あ、大丈夫です」と答えてしまう。レジ袋が有料化してから、この癖がついてしまった。まああいろいろ買ったときでも、「あ、大丈夫です」と必ず言ってしまう。雪見だいふくにホットの焙《ほう》じ茶を買ったときですら、とっさに「あ、大丈夫です」と言ってしまった。まったく大丈夫じゃない。温かかったり、冷たかったり、温度差の激しいものを両手に持って、こんがらがりながらコンビニを出るはめになる。現代人は「袋、いりますか？」に動揺しない訓練をしていないと、生きていけない気がする。

考えてみると、「あ、大丈夫です」と言ってしまう癖はいまに始まったことではない。小学校の修学旅行は日光だった。バスの中で、僕は後ろの座席に座っている友人たちとトランプをやっていた。「バス&後ろ向きでトランプ」は乗り物酔い一直線だ。そこにきて日光。バスはいろは坂に差し掛かっていた。

一度でもいろは坂を車で通過したことがある人ならば、普通にしていても酔うこと必至の場所だとわかってもらえるはずだ。もちろん僕はトランプを続行することが不可能になり、前を向いて少しだけ窓を開けた。

「おい、大丈夫か？」

わかりやすく顔面蒼白《そうはく》になった僕に担任の教師が声をかけてきた。

「あ、大丈夫です」

思わず、そう言ってしまった。ちゃんとギブアップを伝えていれば、酔い止め薬をもらって、前のほうの席に移動できたのに。その三十秒後、僕は盛大にリバースしてしまう。

テレビの現場で裏方をやっていたとき、ちょっと変わった「あ、大丈夫です」に遭遇したことがある。

その現場の拘束時間は二十時間を超えていた。殺伐とした戦場では、食事以外の楽しみはない。食事のときだけはみんな、ひと息つけていた気がする。ただそこでも不条理は存在する。ADは一番偉い人から弁当を配って、最後に自分が弁当を口にできるというブラックな階級社会を目《ま》の当たりにする。そして一番偉い人より先に食べ終わらないとぶん殴られるという、非人道的扱いをADたちは日夜受けていた。

二十時間を超えた現場の食事タイムに事件は起きた。いつも通り、出前で届いた弁当の山を、偉い人から配るはずのADの様子がおかしい。瞳孔《どうこう》が完全に開いていた。次の瞬間、「もう限界です!!!」と編集スタジオに心の叫びが響きわたった。そのADのギブアップ宣言にすら、一番偉い人が冷静に鉄拳《てっけん》制裁を加えようとした瞬間、元ギャング（日本にもそういう方々がいることを彼から学んだ）だったスタイリストが、弁当をパイ投げの要領で一番偉い人の顔面に投げつけた。

その人の顔面は中華弁当の青椒肉絲《チンジャオロース》でドロドロになって、完全にフリーズしている。スタイリストが、青椒肉絲男になった偉い人の顔面を「あ、すみません」とその辺に落ちていた雑巾《ぞうきん》で雑に拭《ふ》いた。そのとき、顔面青椒肉絲男はとっさに「あ、大丈夫です」と目をつむりながら言った。

人は大丈夫でないとき、「あ、大丈夫です」と言いがちな生き物だ。

家出少女とピンク映画

映画の一場面だけ憶えているということもあるのか、とスクリーンを観《み》ながら思った。晩冬の渋谷ユーロスペースで、相米《そうまい》慎二監督の特集をやっていた。映画『ラブホテル』。たまたまユーロスペースの前を通りかかったら、上映直前だった。こういうのも出会いだな、と思い切って観ることにした。館内はほぼ満席。男性が多い。

相米監督の作品は何作か観ていたが、『ラブホテル』は観ていないと思っていた。横浜の関内駅近くで働いていた頃、ピンク映画を専門にかける映画館の前を通りかかり、「相米慎二」と書かれたポスターを見かけたことがあったのは憶えていた。

映画が始まると意外にも場内からは、笑いが起きる。もちろんセックスシーンは多いが、コミカルな寺田農《みのり》の芝居が可笑《おか》しくも切ない。劇中、何度か印象的に長い階段が登場する。その階段に見憶えはあったが、どこで見たのかしばらく思い出せなかった。

そしてラストシーンになって、その階段に衝撃が走る。僕はその場面で、すべてを思い出した。

それは横浜の関内駅近くの、あのピンク映画を専門にかけている映画館での出来事だった。僕はあの映画館に一度行ったことがあった。もう昔すぎて、どの季節だったのか思い出せない。ただその日は仕事が異様に長引き、雨もザーザーと降っていた。

ロビーで濡《ぬ》れたジャンパーを拭いていると、椅子《いす》に座っていた女の子に声をかけられた。彼女は大きなリュックのようなものを持っていて、見るからに怪しかった。

話を聞いてみると、いまかかっている映画のファンで、観ていたら、痴漢が近寄って来て、ロビーに出てきたという。大きなリュックのようなものは、隣の席を埋めるための、痴漢対策グッズだと説明された。にしても、ここはピンク映画専門の映画館。彼女は二十代前半くらいで、どう考えても一人で観に来るにはリスクが高すぎる。

仕事が終わって、やけくその性欲と疲弊をかかえて映画館に入っただけに、彼女に金でも取られるんじゃないかと僕は疑いを抱いていた。とりあえず善人を装《よそお》い、チケットを買って、僕は彼女と一緒に館内に入った。数人の男が彼女に向ける視線が気になったが、しばらくすると諦《あきら》めたのか、誰も見向きもしなくなった。僕はというと、まだ彼女のことを疑っていた。チラチラと彼女のほうを見ながら、映画を鑑賞する。

僕たちが入ったときには映画はもう終盤を迎えていた。彼女が映画に夢中になっているのがわかった。僕はその様子を見て安堵《あんど》して、初めて映画に集中し始める。そこで、あの長い階段のシーンが映し出された。花吹雪がフワッと舞う。僕は彼女のことも忘れて、そのシーンに釘付《くぎづ》けになっていた。

あのときの映画だった。あのときに観た映画が『ラブホテル』だったのだ。タイトルもわからず、服も下着もびっしょりで知らない女の子と『ラブホテル』を観た。僕はユーロスペースで、エンドロールが流れている最中ずっと、あのときの、横に座る彼女の眼差《まなざ》しを思い出そうとしていた。

じゃあ、このまま行っこうよ。熱海《あたみ》

こんな日が自分の人生にあってもいいじゃないか。振り返ってみると、そんな日が一日くらいないだろうか。まわりには言えないような一日。特に近しい人には言えないような一日。

ゴールデン街で行きつけだった店の主人が店内で倒れて入院した。僕と連れだってお見舞いに行った店の常連の女の子は、ベッドに横たわったままの店主に「よく来てくれたねえ、せつこさん」と声をかけられた。彼女の名前は美穂だった。ふたりして「え？」と顔を見合わすと店主の奥さんが「この人、ずっと通っていたキャバレーのママの名前以外、全部忘れてしまったみたいなの」と半ば呆れ顔で、店主の口元を濡れた手ぬぐいで拭いた。

美穂さんは「おっちゃん、奥さんにもせつこさんって言ってたよ。ひどくない？」と帰り道、けっこうおかんむりだった。だけど僕は正直ちょっと羨《うらや》ましかった。そんな終わりもまたいいじゃないか、と思っていた。

名前のついていない関係の女性と熱海に行ったことがある。知り合いに話したら、きっと僕の頭を引《ひ》っ叩《ぱた》きたくなるような話をこれから書く。その日は夏の終わりだった。彼女は「日本ってさ、もう四季じゃないよ」と言った。「え？　だったらなに？」と僕が尋ねると、「夏と冬の二季じゃない」と答えた。確かに当たっているかもしれない。ふたりで熱海駅に降り立ったとき、暦の上では夏が終わったばかりなのに、冬のように寒い風が新幹線のホームを吹き抜けていた。

前日、僕たちは磯丸《いそまる》水産のパチモンみたいな居酒屋で隣の席になった。僕の知り合いが、自然界に存在しないくらい鮮やかな緑色のマスカットサワーを飲みすぎて突っ伏していて、隣の席の彼女が声をかけてきた。

「彼、大丈夫ですか？」

そのとき、僕の知り合いは突っ伏したまま、口からプクプクと泡状のゲロを吐いている。

「あーダメっぽいですね」

おしぼりでゲロを拭きながら、知り合いを揺すってみる。すると知り合いはむくりと起きて、突然走って店を出て行った。後日聞いたら、吐きそうだったので（もう吐いていたが）、近くの公園のトイレまで走って行って、朝まで吐き倒していたらしい。彼女はそのパチモン磯丸水産の元バイトらしく、ひとりで飲みにきていた。知り合いの捜索を諦めて戻った僕は結局、彼女とそのあと朝まで飲んだ。飲みながら、「こんな寒いと温泉に行きたくなるよね」となんとなく僕は言う。

「じゃあ、このまま行こうよ。熱海」

彼女がニヤッと笑った。

「いいねえ」

酔った勢いで出た言葉にロマンを感じた。僕は途中離脱した知り合いと彼女の分を払って、「あの、連絡先でも」と下心をなるべく消しながら聞いてみる。

「え？　これから熱海なのに？」

彼女は白んだ空の下、真顔で僕にそう返した。

そして酔っ払いを降ろしたばかりの緑のタクシーをつかまえて、僕たちは品川駅に向った。新幹線のチケット代を「さっき奢《おご》ってもらったから」と彼女が出してくれて、あっという間に寒風吹《ふ》き荒《すさ》ぶ熱海駅に降り立った。

「本当に来た」

そう言って彼女が笑った。僕も笑った。ああ、こんな日が僕の人生にあってもいいじゃないか。

食事、睡眠、マッチングアプリ

もし僕がいま生粋《きっすい》のサラリーマンだったら、間違いなくマッチングアプリに登録していたと思う。「マッチングアプリって何?」という人がいるかもしれない。簡単にいえば出会い系サイトのスマートフォンアプリ版だ。写真とプロフィールが表示され、お互いが気に入ったら、連絡が可能になる。つまりポップなテレクラだ。

僕の青春時代、テレクラは、かなりデンジャラスな大人の遊びだった。テレクラの個室で電話を取った瞬間、「ねえ、つんく♂に似てる？」と電話口の向こうの女に質問されたことがある。賭《か》けで「似てます」と答えたら、ガチャ切りされた。人並みに傷ついた。それもクリスマスイブだった。

別の日に（何回行くんだ）、主婦と約束が取れて、公園で待ち合わせをしていたら上下白ジャージの男ふたりに囲まれた話はしたでしょうか、してなかったら大丈夫です。つまり僕らの時代の、知らない男女が出会うシステムは、デンジャラスを伴った。

それが、いまではどうだろう。親指一つで普通のＯＬさんと出会って、その日のうちにいいことがあった、と知人のデザイナーがニヤニヤしながら先日教えてくれた。僕の知らないところで、男女の出会いが物凄《ものすご》くカジュアルになっていた。

街で声をかけられるほど有名ではなく、会社は休職中で、サラリーマンでなくなりかけていて、変なペンネームで本を出版している。こんななんとも中途半端《はんぱ》極まりない自分のような輩《やから》が、一番ネット界隈《かいわい》の生贄《いけにえ》にされやすい。

もし、マッチングアプリに登録したとする。多分、あっという間にネット界隈の誰かに見つかり、「恥ずかしい笑」とコメント付きでスクショが晒《さら》されることだろう。そのコメントには、「てか、燃え殻って、そもそも誰よ？」「わたしもそれ思った！　作家？　作家って名乗ったもん勝ちだよね」と二度傷つけられることも知っている。中途半端に悪目立ちしてしまった人が晒され、静かにアカウントを消す過程を何度か見たことがあった。

こんなに出会いがポップになった時代に、僕自身は面倒な立ち位置になってしまった。クリスマスイブにテレクラに行くぐらい切羽詰まった青春だったのに、まったく何をやってるんだと時々、風呂《ふろ》の鏡に映った自分を見ながら思う。

知り合いの編集者は「食事、睡眠、マッチングアプリ」的な生活を送っている。ちなみに女性だ。「いい男は早い者勝ちなんです」と打ち合わせ中に彼女のマッチングアプリ論が始まる。いい男の定義を前に聞いたことがあった。「優しい人」と普通の回答だったが、よくよく聞いたら、「年収一千万以上で優しい人」だった。「いい歳《とし》なんで、結婚したいんですけどね」

彼女のその言葉を聞きながら、知人のデザイナーのニヤケ面《づら》が、頭をよぎった。年収の条件を少し引き下げたら、望みは叶《かな》うのでは？　と思いながら、僕はコーヒーをおかわりする。「マッチングアプリやってない人とマッチングアプリで出会えたらいいんですけどね」と一休さんのとんちみたいなことを彼女は言い、僕より高い飲み物とパスタを追加で頼んだ。彼女とマッチングする部分を、僕はまったく見《み》出《いだ》せないでいた。

クレーマークレーマー

仕事場近くの飲食店が六軒も潰れてしまった。しかも潰れても新しい店が入らないので、ガラス戸に落書きされたり、ゴミが山のように捨てられていたりとわかりやすく街が荒廃していっている。

仕事場から少し離れたところにあったタピオカ屋も潰れて、いまはＰＣＲ検査の緑の看板が掲げられていた。行きつけの回転寿司《ずし》屋も、トマトラーメンという異次元の店も潰れた。

　床屋に行ったら、「マスクをこのマスク袋に入れてください。そしてこちらで用意した店内用マスクをつけてお座りください」と言われた。床屋のおやじも、マスクにフェイスガードで床屋2・0みたいな状況だ。世の中の様々なものが、急速にリセットされようとしている。

　床屋のあとで、久々に地下の本屋に寄ったら、「だからどの棚なんだって訊いてんだよ」と切れ気味のじいさんがいた。みんなイラだっている。国民がささくれだっていると思った。

「あとさ、なんで前の号の週刊誌ないの？」

　じいさんは、そうつづけた。ん？　じいさんに事故物件な匂《にお》いがする。国民はそこまでイラだってはいない。

「なんて接客なんだよ。あんたいくつ？」

　じいさんが図に乗ってきた。書店員の女性はどう見ても三十代前半で、「今日はマジ大凶」と顔面に書いてあった。バカなふりをして間に入ってみようかと思ったが、勇気がないので、とりあえずものすごく近くまで迫ってジッと睨《にら》む、という地味な戦法に出た。

　ツカツカッと寄って行き、ジッと見てみた。じいさんが僕の存在に否応《いやおう》なしに気づく。チラチラ見るものの、じいさんの罵詈《ばり》雑言《ぞうごん》は収まらない。

　じいさんから見て、大して怖そうじゃない風体の自分では効果はないようだ。仕方がないので、ちょっと不機嫌な表情を浮かべてみる。僕が「般若《はんにゃ》」と呼んでいる表情だ。

　書店員の女性が「しばらくお待ちください」と店長を呼びに行き、その場から消えた。じいさんと僕だけが店の中央辺りで取り残されてしまった。じいさんは僕のほうをちょっと気にはしているが、声をかけてくる気配はない。そして「チッ」と大きめの舌打ちをすると、全身で不満を露《あら》わにしながら、店を出て行ってしまった。

　そこにさっきの書店員と店長らしき男性がスタタタと走って戻ってきた。店長が「お客様、まずお探しの品ですが、後方の棚にあります！　私が案内致します！　さらにあと雑誌に関しましては他店同様、先週のものは店頭にはございません！　さらにですね」と客扱いはするけど、これが最後だからなといった怒りを秘めた早口で僕に説明してきた。

横にいた書店員があわあわと店長の勢いに圧倒されながらも、止めに入る。

「僕じゃないです。違います」

僕もそこでやっと発言権をもらえた。店長からそのあと、ものすごく丁重に謝罪され、自分がとんでもなくひどいことをされたように思えてきた。僕も含めてみんな余裕がなくなっているのではないだろうか。クレーマーが増えている、と接客業をやっている友人にこの間聞いたばかりだった。こういうときは、漠然としたつまらない言葉のひとつも言いたくなる。

昔は良かった。モヤモヤとした世の中になった。

バニラ♪　バニラ♪
バニラ♪　バニラ♪

答えのないクイズを出す人がいる。

「一度だけ俺が社長に食ってかかったとき、なんて言ったと思う？」

こんな感じの「俺しか答えを知らないクイズ」を出す人だ。僕のまわりには石を投げるまでもなくいる。そして彼らにクイズを出されるたびに、石を全力を籠《こ》めて投げつけたくなる。

とにかく、こちらとしては「わかりません」と答えるしかない。というか向こうが唯一《ゆいいつ》求めているのも、その答えだ。ちなみに「俺が社長に食ってかかったときの一言」の答えは、「社長、俺が全部責任を取ります。部下には一切責任はありません！」だ。

そんなことわかるわけがないし、知りたくもない。社長は「さすがは俺が見込んだだけのことはある！」と怒るどころかご満悦だったそうで、つづいて「俺が若かった頃」という俺日本昔ばなしを聞かされて話は終わった。死を迎える前、人は走《そう》馬《ま》灯《とう》のように過去の場面を見るというが、僕の場合、あの俺日本昔ばなしが浮かんできて、「あの時間、無駄だったなあ」としみじみ思い出しかねない。それくらい本腰の入った無駄だった。

「いまのお前には絶対にわからないよ。どうしてわからないか、わかる？」

こんな挑発圧迫クイズを出されたのは、大昔のことだと言いたいが先週の話だ。大きくふんぞりかえってそう言ったのは、とある制作会社の社長だった。彼の「仕事論」から、昔は良かったという話になって、俺日本昔ばなしが始まり、クイズの出題となった。

あなたのまわりには、こんな人もいないだろうか。命令口調でしか人と会話ができない人。質問をして、相手の誤りを正すことでしか年下とコミュニケーションが取れない人。そういう人たちに限って、「コミュニケーションが大切だ」と平然とのたまう。

自分ではコミュニケーションを取っていると思っているのだろうが、彼らは「バニラ♪　バニラ♪　バニラ♪　バニラ♪」と大音量で街中をぐるぐる回るトラックと同じだ。こっちの話を聞く気は毛頭ない。言いたいことは一つしかない。「俺は間違えてない。なぜなら俺はそうやって成功してきたんだから」。そういう人は、こういうことも言う。「お前だけに教えてやる」。親切で、スペシャルなご褒美《ほうび》だと真剣に思っている。もし相手の立場で考えることができたら一瞬躊躇《ちゅうちょ》するだろうとも、踏み込んで言えてしまう。自分がそのときすでに、自分の言葉に酔っ払ってしまっているからだ。

そういう言葉の酔っ払いに何度か、切れてしまったことがある。しかし、彼ら彼女らの恐ろしさを思い知らされて毎回撃沈する。挙げ句、「お前はなんでこんなに親切で言ってることが理解できないんだ？」とバカ呼ばわりされる。

二日に一度は行く喫茶店の店主に、愚痴とぼやきを聞いてもらった。「そうだなあ、俺もあんたの立場だったら、切れちゃうかもな」と思いっきり自分ごととして話を聞いてくれた。その上で、「でもさ、つまらない大人の話を聞いてあげることも、まともな大人の役割だと思うよ」と諭してもくれた。一度受け止めてくれた人の言葉は、スッと心に入ってくる。久しぶりにコミュニケーションを交した気がした。

お前、覚えてろよ

「お前、覚えてろよ」

それが最後にかけた言葉になってしまった人がいる。場所は渋谷の居酒屋だった。彼はサラリーマンをやりながら小説を書いていた。つまらないことで喧嘩《けんか》になって、僕はそう怒鳴ってしまった。彼はしばらく黙っていたが、椅子が後ろにひっくり返るくらい勢いよく立って、そのまま帰って行った。

それから音信不通になり、二カ月後、共通の友人から自宅のベッドで亡《な》くなっていたと聞いて本当に驚いた。僕が社会人になってすぐに知り合い、なんだかんだで二十年くらいは近くにいた。

仕事に関してのこだわりがどこか似ていた気がする。それだけによくぶつかりもした。最後の言葉が「お前、覚えてろよ」になってしまったのも、いま考えても引っ込められないくらいの根拠がある。

今日、編集者と喫茶室ルノアールで打ち合わせがあった。僕が数日前に恐るおそる送った原稿についての意見を聞くという、かなり緊張する打ち合わせだった。その原稿は簡単に言うと、「生きているとママならないことばかりだ。もっと言えば、なんであんなことをしてしまったんだろうという後悔の連続ばかりだ。でもそうであっても、日々生きていくしかない」といったことを書いたものだった。

編集者が、出てきたお冷やを一気に飲み干してから「今年の一月に同僚が亡くなって、ずっとモヤモヤしていたんですが、原稿を読んで前に進める気がしました」と言ってくれた。「あー、そうでしたか」と間抜けな返答をしてしまった。

その編集者が同僚に最後に投げた言葉は「馬鹿野郎！」だったらしい。打ち上げで口論になり、つい口走ってしまったと哀《かな》しみと可笑しみの間のような表情を浮かべていた。

人は誰しもそれなりに長く生きていると「あれは仕方なかった」では済まされないことをしてしまう。「どうして、あんなことになってしまったのか」という後悔も増えてくる。それどころか「あれはなかったことにしたい」ということが、思い出の引き出しに収まらないくらい溢《あふ》れてくる。

「お前、覚えてろよ」と僕が怒鳴ってしまったとき、渋谷の居酒屋はガラ空きだった。彼は「お前の小説くらいなら俺はいつでも書けるんだよ！」と酔った勢いもあったと思うが、そう吐き捨てるように言った。彼が十数度目の小説の新人賞に落選したことがわかった夜の出来事だった。きっと僕の書いた小説も、書くに至った経緯も、心から気に食わなかったんだと思う。

僕は物を書くようになってから、この手の悪意をぶつけられることがとにかく多い。ここだけの話、正直、その気持ちもわからないではない。でも、仕方ない。そんな風に諦めつつ、この仕事をつづけている。自分なりに工夫もしてきたつもりだ。四年ぶりに新しい小説を書きあげた。

彼が読んだら何と言っただろうか。やっぱりまた「お前の小説くらいなら」と言われるかもしれない。それでも感想を聞いてみたかった。僕はあともう少し、この仕事をつづけていくと思う。いつか彼と再会したとき、感想を聞いてみたい。

だからお前、ちゃんとそこで見ていろよ。

ただの夏
大橋裕之
お茶

さっきの人
何だったんだろ・・・
まさかオレのこと・・・
そんなわけないか
ハハハ・・・
BAR

ハイボールください
え
ん？何かいいことあった顔してるね
あっ…まあちょっと…
いいなー夏を楽しんでるなーレモン入れる？
あっレモン
あいらっしゃい
あとで杉浦も来るよ
へぇー2年ぶりかも
これはもはやただの夏じゃないかも…

さっき映画観に行ったんですけど
うん
となりの人にペットボトルのお茶間違って飲まれてびっくりしました
はいハイボール
やっぱり
ただの夏だった
おわり

挫折《ざせつ》だと思ったら左折だった

「三十歳までに仕事をセミリタイヤしたいんです」

まだ二十三歳の彼は株取引で莫大《ばくだい》な資産があるのだという。

彼の秘書と称する女性は、白いスーツを着ていて、高級割烹《かっぽう》店でひときわ異彩を放っていた。僕はただ、「はあ」を繰り返すことしかできない。

こんな訳のわからない飲みの席になんで来てしまったのか、自分でもよくわからなかった。知り合いのプロデューサーに「ちょっと時間作れ」とゴリ押しされ、世話になっている人だったので断り切れず、いかにも高級そうな店に連れて行かれた。そこに待っていたのが、若い男と白いスーツの女だった。

彼からしたら、四十代も半ばを過ぎ、本業は未《いま》だ休職中で、物を書くことを生業《なりわい》にしている人間など、生きる効率が悪くて、知り合いになっても何のメリットもないはずだ。なぜ、自分が呼ばれたのかわからないままだった。

「車は持ってないんですけど、友達とクルーザーを一緒に買ったんですよ。海はお嫌いですか？」

屈託のない笑顔で彼が笑う。久しぶりに海のことを考えた。

つくづく思う、若かろうが死ぬ直前だろうが、金持ちと言われる人たちのほとんどには、性格の良さとただならぬ風格というものがある。金持ち＝悪い奴《やつ》、というドラマなどのキャラ設定と現実が一番違うのは、そういう部分だったりする。そもそも人を裏切ったり、ハメたりするような悪い奴に、金やポジションは基本寄ってこない。

「すごいですね、クルーザーですか」

遅れ気味に返答する。そして、「今日はまたなんで僕を？」とつい率直に聞いてしまった。

「三十超えて、セミリタイヤした後に友達いないとつまんないじゃないですか。だから募ってるんですよ。友達」

彼はその日初めてちょっと恥ずかしそうな表情を浮かべた。

最近、僕の書いたものを読んで、友達になりたいと思ったらしく、知り合いのプロデューサーに頼んだというのだ。ピュア、というか、なんでも叶うと思っている人だった。きっとテレビで見たアイドルとかにも同じように——（以下、自粛）。

「もういろいろ飽きちゃって。あれですね、基本、しちゃいけない悪いことってあるじゃないですか。ああいうのも飽きますね」

彼はポリポリと漫画のように頭をかいた。僕はこれまた「はあ」とかなんとか答えたと思う。

映画監督を目指していた友人が見事に挫折して、いまは不動産関係の営業をしている。一昨年まで親の介護、自身の離婚とそれはそれはな日々を送っていた。

すっかりおじさんのメディアと化したフェイスブックに先日、そんな彼が長い自伝のような文章を投稿していた。

「こうなりたいと思ったことは大体うまくいかなかったけれど、気が合う親友がひとりでもいてくれたら、もう十分だ」

要約すると、そんなことが書いてあった。いまは図書館でボランティアをし、地域の子どもたちに読み聞かせをしているとのこと。

いろいろな人生がある。道もそれぞれいろいろだ。舗装された高速道路、砂利道、けもの道、道なき道。でも案外僕たちは、その行き着く先が同じようなものだということを、忘れがちだ。

「お客」に必ず「様」を付けろという「輩《やから》」

「シャワーの水圧、ありえないくらい弱いんだけど！」

フロントの女性に向かって、湯気が頭の上に見えそうなくらいに、若いサラリーマン風の男が怒りをぶつけていた。

ここは新大久保、一泊三千円のビジネスホテル。内装はいたってシンプル。まずテレビがない。アメニティも最低限。テーブルも、ノートパソコンを広げ切ったら壁にぶつかるくらいの奥行しかない。良く言えばミニマル、悪く言えば独房。その独房のシャワーの水圧について、若いサラリーマン風の男がブチ切れていた。

若者よ、三千円で求めすぎなのだ。まずシャワーから水とお湯が出たら、拍手が必要な価格帯だ。あまりに大きな声で怒鳴るので、フロントの奥からオーナーが出てきた。もう一度言うが、ここは新大久保だ。麻布十番ではない。よって白竜にそっくりのオーナーが「お客様、なにかございましたか？」とフロントの女性の前に仁王立ちになり、冷やかな笑顔で応対を始めた。怖い人の笑顔は、怖さを倍にする。

「あの……シャワーの水圧ですが……」

いきなり若いサラリーマン風の男の声のトーンが落ちた。

「水圧？」

オーナーは「だから？」と言わんばかりに訊《き》き返す。

「あ、大丈夫です」（大丈夫なんかい！）

もう一度確認してから来る、という意味不明の言葉を残して、彼は部屋に戻っていった。

先日、家の近所のファミレスに入ったときのことだ。

「ちょっと君」

通りがかった若い従業員にそう声をかけて呼び止めたのは派手な服を着た老人だった。「このメニューにある赤ワインは、どっしりとした感じ？」とファミレスで正面きってワインの味について尋ねていた。

「あ、少々お待ちください」

若い従業員は、上の人間を探しているように見えた。しかし老人は逃さない。

「自分のところで出している商品を説明できないのか！」

突如として声を荒らげた。若い従業員は、突然過ぎる怒号に驚いて一瞬、言葉が出ない。そしてなんとか気を取り直し、「私、高校生なんでワイン飲んだことないんです」と絞り出すような震えるような声で言った。

「高校生でもアルバイトでも、店に立ったらその店の看板を背負っているんだ！説明しろ！」

この老人、実はこのファミレス・チェーンの創業者か会長なんじゃないか？とドッキリを疑いたくなるほど偉そうだ。老人の言い分には一理ある。一理はあるが、言い方、態度、場所、各メニューの単価、それらを鑑《かんが》みると、まったくもって言いすぎだと思った。騒ぎを聞きつけた店長が駆けつけてくる。

「どうなさいました？」

青白い顔面でいかにも弱そうだ。大丈夫だろうか。若い従業員が耳打ちをして経緯を説明すると店長は老人を見据えて、「どっしりしたものがお好みでしたら、三五〇円のチリ産の赤。三〇〇〇円のハウスワインは、どちらかと言えば甘口かと思われます」とスルスル答えた。店長はやはり店長だった。

すると老人は「じゃあハウスワインで」と言ってのけた。店にいた客、従業員、テーブルの上の食器、全部が一斉にズッコケた。

若いとか老人とかは関係ない。男女もまったく関係ない。どんな場所でも「お客」に必ず「様」を付けたサービスを求める人がいる。そういう人を僕は「輩」と呼びたい。

この連載にファンレターが届いた！

週刊新潮の編集Tさんと初めて会ったのは銀座だったと思う。

Tさんから「とにかく週刊新潮の読者層の年齢は高めです。思っているより高めです！」と念押しするように言われたのを憶《おぼ》えている。何も思っていなかったので「そうですか」とだけそのときは答えた。

週刊新潮での連載開始直前まで、僕は三十代〜四十代向けサラリーマン雑誌にダラダラとしたコラムを書いていた。Tさんにそう忠告されても、内容を変えるほど器用でもなければ技術もないので、前の連載同様にダラダラとしたコラムを書くことしかできないよ、と思ったのが正直なところだ。

これが朝日新聞でもクロワッサンでもダラダラとした「今日は豚足を食べた。形状がエグかった」みたいなコラムを書くことしか僕はできない。

知り合いから週刊新潮の連載が始まる前に「絶対、お前だけ浮くよ」と予言されていた。まあ、そうだろうなと思いながらも、とにかくやるだけやってダメだったら謝ってやめればいいと考えていたので、特段のプレッシャーはなかった。というかプレッシャーはもう、物を書くということを始めた時点で、自分の中のリミットをとうに超えてしまった。

前の雑誌で連載しているときに一度、サラリーマンが僕の書いたコラムを読んでいるのを中央線の中で見かけたことがある。

そのサラリーマンは立っていて、僕は彼の横でつり革につかまっていた。生の読者の反応が気になり、まわりを見渡すフリをしながら、チラチラと彼の目と手の動きをチェックしてしまった。

僕のコラムを読んでいた彼は、ムスッとしたままページをペラペラめくって、巨乳女子大生の水着グラビアのページで手を止め、僕が降りるまでずっと穴があくほどガン見していた。芥川《あくたがわ》賞でも直木賞でもなく、「巨乳女子大生に勝てる文章」が僕の目標になった瞬間だった。

小説の打ち合わせで、新潮社に久しぶりに行った。

この連載とは別の、小説の担当者と打ち合わせをしていると、トントンとドアをノックする音がして、Tさんが入ってきた。「これだけ渡しに来ました」とハガキを一枚、僕に手渡す。「ファンレターですよ」と一言添えて。

手紙の主は、関西に住む八十六歳の方だった。自分が二十一歳のときに週刊新潮が創刊され、その雑誌が六十五周年を迎えたことがうれしいと書かれてあった。そして六十五周年を迎えた雑誌で新しく始まった僕のエッセイが好きで切り抜いて集めている、とのこと。僕の最初に書いた小説もすぐに書店で買って読んでくれたという。「あの小説、小沢健二とか渋谷系とかサイババとかしか出てこないけど、大丈夫だっただろうか」と真剣に心配してしまった。

その日は、慣れないラジオ番組の収録と雑誌の取材が、正直うまくいかず、鬱々《うつうつ》とした状態だった。打ち合わせに参加していたデザイナーが「なんかいいなあ」と覗《のぞ》き込むようにしてそのハガキを読んでいた。Tさんもうれしそうだった。家でひとりで読んでいたら、泣いてしまったかもしれない。

仕事場に戻って、そのハガキをデスクの正面に貼《は》って、いまこの文章を書いている。

なんならこのまま箱根湯本まで

「上野動物園にパンダ見に行きたいよね」

「行きたいですね」

ここまではスムーズにいく。

「じゃあ、いつ行こうか」

ここから詰めるのが難しい。というか、ここではぐらかされる。

「映画、観《み》たいよね」

「観たいですね」

ここまではいい（もうわかった）。ここから先をスムーズに進めたい。

先日、「上野動物園にパンダ見に行きたいよね」「行きたいですね」まで進められた。「じゃあ、来週か再来週にさ」と詰めようとしたら、「私、最近カメラ始めたんですよ」と言われた。魔球すぎて受け止めきれなかった。少し経《た》ってから気を取り直して、「映画、観たいよね」と振ってみた。すると豪速球が返ってくる。

「映画好きです。彼氏が〇〇組で映画作ってるんですよ」

我が兵は撤退を決めた……。

あれは、僕が高校に入ってすぐのときだった。初めての電車通学で、満員電車もまだ新鮮だった頃の出来事だ。僕はドア付近に立っていた。何かの拍子で車両が大きく揺れる。僕は思わずすぐ近くにあった鉄棒を握った。目の前にいたOL風の女性も僕がつかまっている鉄棒を握った。電車内は思い直したようにすぐにまた、平静を取り戻す。

僕は鉄棒を握ったままでいた。先ほどのOL風の女性も、僕が握っている上のほうを、握ったままだった。しばらくすると、僕の握っている付近まで、彼女の手が滑り降りてくる。そしてピタリと僕の手にくっついた。思わず彼女のほうを見てしまった。

彼女は僕のほうをまったく見ずに、外の景色を眺めている。高校生の僕には状況が難しすぎた。僕は握る位置をもう少し下げてみる。彼女の手も同じだけ下がってきた。そして僕の握った手の上に触れて、ピタリと止まった。もう一度、彼女のほうを見るが、彼女は外の景色を眺めたままだった。高校生にとって、それはもう恋愛感情を持つのに十分な出来事だ。

しかし母親の手しか握ったことがない高校生の僕にとって、知らない女性の手を握るなんて大胆な行動は間違ってもできない。そもそもこの一連の出来事が、たまたまの可能性もまだ捨てきれない。その状態のまま、三駅くらいが過ぎていった。なんならこのまま箱根湯本まで行ってほしいという心境だったが、東横線の終点は残念ながら渋谷だ。中目黒の駅に着くと、日比谷線への乗り換えで多くの人が一度降りて、渋谷に向かう人がまたたくさん乗ってくる。

彼女は何もなかったように手を離してホームに降りて行く。

「え？」

僕は声が漏れそうになった。もちろん彼女は僕のほうを一瞥《いちべつ》することもない。無情にもドアが閉まる。

ホームに降りた彼女が、多くの人に押されるなか、階段に向かわずピタリと立ち止まった。東横線はゆっくりと動き出す。そのとき、彼女がこちらを振り返って、初めて僕と目が合った。行き交う人を避けながら、彼女はジッと、こちらを見ていた。

ただそれだけの話だ。あのときの情景を、いまでも電車に乗って移動しているとふと思い出すことがある。思い出すたびに、あのとき、どうすればよかったのかとシミュレーションするが、未だに攻略法は見つからないままだ。

誰も許さなくていい、生き延びてほしい

現実にはタイムマシンはない。ただタイムマシンを心から望んだことが人生に一度ある。

それは小学二年生のときだった。

季節は春で、生暖かい風が学校の廊下を吹き抜けていた。僕はその廊下を必死で走っている。追いかけてくる同級生は六人くらいいたはずだ。

階段をほとんど飛ぶように降りると、上履きが脱げてしまう。脱げた上履きに見向きもせず、また階段を飛ぶように僕は降りる。

そして、無人の教室に逃げ込んだ。教室の後方にあった掃除用具入れに、僕は急いで隠れた。狭い掃除用具入れの中で、ギリギリの体勢で体育座りをしたとき、ガラガラと教室の戸を開ける音がした。何人かの怒号が聞こえる。その声は掃除用具入れの前でピタリと止まった。

「あれ？　ここかな？」

白々しい声が、掃除用具入れの扉の向こう側から聞こえてくる。そして次の瞬間、扉が思い切り蹴《け》られた。何人もが同時に蹴るので、掃除用具入れは大きく揺れ、ゲラゲラと大声で笑う声がずっと聞こえていた。

僕は揺れる狭い空間の中で、ずっとタイムマシンのことを考えていた。この掃除用具入れがタイムマシンで、僕を未来に連れていってほしいと心から祈っていた。

「飛べ、飛べ」と心の中でずっと唱えていた。

その先の記憶はない。あの狭い場所から、どうやって出たのかまったく憶えていない。どうしても思い出せない。

過去にいじめを受けた人や反対に加害者だった人の体験談をよく目にするようになった。加害者の話は、どうしてもあの日の記憶が疼《うず》いて、最後まで読み通せない。僕は、あの掃除用具入れの中で息をひそめていた自分のことを、どうしても思い出してしまうのだ。大きく揺らされる狭い箱の中、できるだけ体を小さくしながら、僕はタイムマシンを渇望《かつぼう》していた。一気に未来に飛んで行ってしまいたかった。ここではない何処かへ。

あのとき飛びたかった未来に、いま僕は生きている。タイムマシンに乗って未来に来た、そう感じるときがある。あの掃除用具入れのことを、一秒前のことのように思い出せるからだ。

夢を見てうなされる、なんて生易しいものじゃない。山手線でつり革につかまって、車両の揺れに持っていかれないように踏ん張った瞬間、ふと思い出すこともある。たった一秒前のことのように、心臓の真ん中あたりがズキンとする。たった一秒前まで蹴っていた人間に謝られても、まったく許せる気がしない。それはさすがに都合が良すぎる。

ただ、あの頃の自分のように、死にたい、飛びたいと思っている人に言いたいことがある。

やっぱり、タイムマシンはあった。だから、誰も許さなくていい、未来に飛ぶために生き延びてほしい。

そもそも答えなんてないから

「突き詰めると、人にはこの二種類しかいないんだよ」

広告代理店のまーまー偉い人がふんぞり返ってそう言った。何かリアクションをしなければいけない。そんなことはわかっていたが、心の中で「そう何でも突き詰めるなよ」という言葉しか浮かんでこなかった。

「違う？」

突然心配になったらしいまーまー偉い人が疑問文で僕に尋ねてきた。この時点でもう一種類、増えた気がするが、「いやあ、そうですね」と肯定してしまった。サラリーマン生活が長かった後遺症がまた出た。

世の中の真理はこれしかないとか、人には二つのタイプしかないという人に、四十代半ばくらいまで生きていると結構出会う。そういう人に共通しているのは、短気で思い込みが強いということだ。

広告代理店のその人も「さっきから黙ってるけど、お前はどう思ってるんだ！」と連れてきた部下に叱《しか》るように質問をした。きっと本当は僕に言いたいのだろうけど、仕事つながりの関係性では言えないので、部下の彼にぶつけているのは間違いなかった。

上野の近くで金魚屋をやっている友人がいる。彼は七十代のはずだが、見た目は贔屓目《ひいきめ》なしに五十代くらいに見える。

出会ったのは、二十年以上前になる。入谷にあった、いまは潰《つぶ》れた専門学校に僕が通っているときだった。

いつも通り授業をサボって入谷から上野へ散歩していると、金魚屋の前をたまたま通りかかった。僕は、大きな水槽の中を気持ちよさそうに泳いでいる金魚に目を奪われ、思わず「写ルンです」で一枚写真を撮ってしまう。すると奥から、「一匹持ってっていいよ」と声がした。それが彼との出会いだった。

午後の授業に金魚を持って帰ってきたものだから、講師から「お前、そんなに堂々とサボったことをアピールするな」と呆《あき》れられたのを憶えている。

僕はその日から、金魚屋に週に一度くらい顔を出すようになった。その店は一般客にも売ってはいたが、業者へ卸すのが主たる業務だった。

金魚の卸とは不思議な仕事で、そこで学んだ人間関係は専門学校の授業の千倍、いま役に立っている。金魚屋は元々銀行マンだったことを、少ししてから教えてくれた。

よく聞くとルーツも複雑で、苦労したのがわかる。人生の荒波に耐え、時に溺《おぼ》れかけながら生き延びた金魚屋は、とにかく穏やかな人だった。

僕はその頃、生きることに自信がなくて（継続中）、彼の商売道具の金魚たちのように、酸欠気味でアップアップしながら日々、怯《おび》えていた。

そんな僕を見かねたのか、彼はある言葉を授《さず》けてくれた。

「世の中にこれしかない！　なんてことはないから。そもそも答えなんてないから。あっち行ったりこっち行ったりしてる間におしまいになるだけだから。好きにやれよ」

大きな水槽の中であっちに行ったりこっちに行ったりしている金魚たちを眺めながらだったので、僕ではなくて半分は金魚たちに語りかけていたのかもしれない。それでもボロボロの学歴で迫り来る就職活動に怯えていた僕には、これ以上ない救いの言葉だった。

カニクリーム
コロッケ
来なさすぎ問題

「文章のチェックをしてあげますよ」

名の通っているライターに、とにかく書いた原稿に自信がないとメールで相談したところ、そう返ってきた。僕は蜘蛛《くも》の糸を見つけた気分で原稿をすぐに送ってしまった。それから四カ月が過ぎたいまでも彼からの返信はない。ちなみに最初に監修料として五万円請求され、振り込んでいる。

催促のメールは何度か出したが、返ってこなかった。一度電話もしてみたが繋《つな》がらないし、折り返しかかってもこない。この連載に書けて、当人には詰め寄れないという自分の性格が憎い。当事者の彼は今日も元気にSNSを更新している。ちなみに今日は「体調は悪いが、締め切りが近いからやるしかないぜ」的なことをつぶやいていた。圧倒的に図々《ずうずう》しい人に出会うと、恐怖を感じて脳がフリーズしてしまう。

前に浅草の洋食屋に入ったときのことだ。僕はカニクリームコロッケとライスのセットを頼んだ。「カニクリームコロッケ」と確かに店員にそう告げた記憶はある。だが、いつまで経っても頼んだはずのカニクリームコロッケはまったく運ばれてこなかった。

その店は繁盛《はんじょう》店で、次から次に客が押し寄せて、店内は常に満席状態だった。僕よりあとに来た家族連れが、美味《おい》しそうにハンバーグを頬張っている。

「あの、すみません。カニクリームコロッケ頼んだんですけど」

僕はさっき注文を聞いてくれた店員にもう一度そう告げた。

「少々お待ちください」

両手が皿でふさがっていた店員は忙しそうに一言だけ残して、別の客のところにビーフシチューなどを配膳《はいぜん》してまわっていた。近くの席で食事をしていた中年サラリーマンの二人組が「あいつのカニクリームコロッケ、来なさすぎじゃね？」というような目配せをしながら、何やらヒソヒソ話しているのがわかった。配膳が終わったさっきの店員が僕のところに戻ってきて、「ご注文は？」と改めて訊いた。

店員は図々しいとかではなく、忙しすぎて単純に訊いたことをすっかり忘れている様子だった。僕は「あ、すみません。カニクリームコロッケとライスをお願いします」と謝りながら答えていた。お冷やはとっくの昔に底を突いている。

「少々お待ちください」

店員はまたその言葉を残して、厨房《ちゅうぼう》に消えていった。さっきヒソヒソ話していた中年サラリーマン二人組が、またこちらをチラチラと見ている。僕はとりあえず、まったく水の入っていないコップに口をつけてみた。何か動いていないと不自然な気がしての行動だったのだが、それがかえって不自然だったのか、彼らは顔を見合わせて笑っていた。驚くことにそのあともまったくカニクリームコロッケが運ばれてくる気配がない。店員は相変わらず、右の客にハンバーグを出し、左の客にビーフシチューを出している。

もう僕には問いただすことができなかった。しばらくジッとしてみた。店内を見わたすと、さっきの中年サラリーマン二人組の姿はいつのまにか消えている。僕はひっそりとその店を出た。店員に呼び止められもしなかった。以来、この洋食屋に行っていないし、カニクリームコロッケも口にしていない。

人生の松竹梅をまんべんなく味わう男

過去に受験で落ちた大学から、「在学生に一言、アドバイスを！」というインタビューの依頼があった。どう考えても一言、アドバイスできる立場にないので断ればいいものを、思わずノリで引き受けてしまった。

「昔、受験して落ちたんです」と最初に一言言えばよかったのに、「初めて来ましたが立派な建物ですね」と口が滑ってしまった。

「初めて来られた方は、この建物の古さに驚かれるんです」

広報の女性がそう優しく言う。

僕が訪れたのは休日で、食堂は薄明かりが灯《とも》っているだけでひと気がない。事前のメールでは、食堂でインタビューを受ける、ということになっていた。

厨房には照明が点《とも》っている。食堂の料理長さんが、僕の単行本を読んで気に入ってくれたらしく、休みの日なのにわざわざ出勤して、待ってくれていた。料理長さんが持ってきていた単行本に、僕は恐縮しながらサインを書いて、一緒に並んで写真まで撮った。

「うちはカレーライスが人気なんです」と恰幅《かっぷく》のいい料理長が言う。

知っていた。なんなら一回食べていた。

受験の前に見学しておくと学校の雰囲気がわかるし、なにより試験のときに落ち着きますと塾の講師に勧められ、文化祭に行った。

「今日はそのカレーライスを用意させていただきました！」と僕の前に銀の皿が置かれる。そしてお水をわざわざ広報の人が遠くから持ってきてくれた。「すみません」とまたまた僕は恐縮してしまう。インタビューで来るのと、受験で来るのと、文化祭で来るのとでは、松竹梅だなとつくづく思った。

「インタビュー」

この場合はサインを求められるわ、カレーライスは出るわで厚待遇。よって「松」で間違いない。

「受験」

これは受験料を払っているのでお客さま感はある。決まった席が用意されている(当たり前だ)。よって「竹」認定で間違いではない。

問題は「文化祭」だ。

それは僕が十八歳のときだった。文化祭当日の構内は大勢の人で賑《にぎ》わっていた。僕は友人と二人で構内をぐるぐる見てまわり、例の校舎の前では「古いねえ」とか言って、迷った末に食堂にたどり着いた。食堂も多くの大学生や遊びに来た地域の人たちで溢《あふ》れかえっている。「大学生になったみたいだね」と一緒に来た友人が僕に耳打ちをした。

そのとき、ミニスカートを穿《は》いた在学生であろう女性の一団が僕たちの目の前の席に座った。人が多すぎて、他に席がなかっただけなのだが、思春期真《ま》っ只中《ただなか》だったので「運命」と僕は名付けそうになった。フッと目が合う。「運命が動き出した」とぬか喜びしかけた瞬間。

そのグループのリーダー格であろう美人が、僕と友人に向かって突然命令を下した。

「スプーンを四つ、早く！」

彼女たちの前にはカレーライスがある。えっ？　と僕が思ったときには友人はすでに「はい！」と言って席を立っていた。

休みの日にわざわざ作ってくれた料理長のカレーライスを食べながら、つくづくあれは「梅」だったなあと思い返した。

カレーライス
万引きGメンの
島田哲郎は
犯人が万引きする
様々な食材から
ジャガイモ
入れた！
その日犯人が作るであろう
献立を予想したりする
ニンジン
タマネギ
牛肉
これは
カレーライスだな！
あっ
白滝!!
肉じゃがかい!!
一本とられた!!
夢中になりすぎて
たまに取り逃がします

2 カレーライス

「カレーライスでいい？」彼女はそう言って、狭いキッチンで腕まくりをする。祖師ヶ谷大蔵に住んでいた彼女の家に転がり込んで、二週間くらいが経っていた。僕はそのときまだ二十代前半で、金も仕事も人生に対するやる気もなかった。ただ時間だけは、売るほどあった。彼女は成城大学の二年生で、将来の夢のためにバイトで貯《た》めたお金で留学をすると言っていた。僕とはまったく違う、前向きな人だった。食費や家賃の一部を支払えず、せめてもの罪滅ぼしとして、僕は毎日食事を作っていた。野菜炒めとかゴーヤチャンプルとか、まーまーのラインナップだった。

その日は僕の誕生日だった。彼女が「今日は私が夕飯作ってあげる」とやる気満々で言う。ワンルームにカレーの匂いが漂い始めた。「できた！」と彼女がテーブルの上に置いたそれは「カレーライス」というよりも「カレーだったモノ」だった。まず水気がまったくない。火星くらいない。悪意を感じるほど焦《こ》げている。「いただきます！」彼女は何の疑問もなく、その「カレーだったモノ」を口に運ぶ。僕も一口食べてみた。彼女が自信ありげに「美味しいでしょう」といった表情で僕を見つめる。「美味しいです」反射的にそう答えていた。居候《いそうろう》に発言権と拒否権はない。あのカレーだったモノがあったから、僕はちゃんと自立して働こうと強く思った。

ピンクとグレーと無人島

ＮＥＷＳの加藤シゲアキさんが吉川英治《よしかわえいじ》文学新人賞を受賞した。

本当は受賞前に加藤さんとラジオ番組で対談する予定になっていた。直前で加藤さんがコロナに感染してしまい、延びに延びて受賞のタイミングで実現することになった。

加藤さんの作品との初めての出会いは映画『ピンクとグレー』だった。

映画を観てから、原作小説を書いた加藤さんに興味を持って、ほとんどすべての作品を読んだ。加藤さんが短編を連載していた週刊ＳＰＡ！で、そのあとたまたま僕もエッセイを連載することになる。担当者も同じで、勝手に薄い縁のようなものを感じていた。

延びに延びたラジオ番組は、「ぶっつけ本番、台本なし、完全フリートーク」という生放送。時間直前に現れた加藤さんは、シュッとしていてカッコいい（全員知っている）。そして本当に台本が紙一枚も存在しないラジオ番組が「はい、どうぞ！」とポップな感じで始まってしまう。

ブースという名の檻《おり》の中には、僕と加藤シゲアキさんしかいない。そこから一時間、フリートーク。いま思い出しても恐ろしい。どうやって生き延びたのかもわからないほどの緊張に襲われた。

とにかくあわわとなりながら、僕はとりあえず吉川英治文学新人賞受賞インタビューの話をした。「文学界に横入りした気分がしていた」という言葉が引っかかっていたからだ。

小説『ピンクとグレー』のあとがきにも「なんの賞も獲《と》らずに小説を出せている

のは、僕がジャニーズだからと自覚しています」と書かれていた。その数十万分の一の規模だが、僕もその気分はわかった。

自分でそのことを書くと馬鹿《ばか》に拍車がかかるが、ツイッター（現・X《エックス》）のフォロワーが二十五万人ほどいる。これは正直「普通より相当多い」に属する。出版社や企業からすると、フォロワー数がいるなら、宣伝は勝手にするし、安全安心な物件だと思われていることは本人もわかっている。それだけでモノを書かせてもらっているとは思わないが、大本を辿《たど》るとそこに行き着くのは確かだ。

ならば、日頃、本を読まない人たちを巻き込んでみたい、巻き込むのが僕に課せられた唯一《ゆいいつ》のミッションだくらいに思ってやってきた。だから毎回、自著のプロモーション映像を作ってネットで流し、日頃は書店の小説コーナーに立ち寄らない類《たぐい》の人たちに向けた導火線になるよう自分なりに努力してきたつもりだ。

ときどき、スライド動画で新作小説を紹介するものはあったが、プロモーション映像のようなものを制作する人は、あまりいなかったと思う。

しかし僕が、加藤さんの受賞作である『オルタネート』を知ったのは、ネットから流れてきた、ミュージックビデオのような書籍のプロモーション映像を通してだった。

「おっ、加藤シゲアキさんもつくったんだ！」と驚いた。僕はそれを生放送中、ふと加藤さんに伝えてみた。すると、「燃え殻さんの真似《まね》をしたんですよ。こういうことやらなきゃなって思って！」と即座に答えが返ってきた。嬉《うれ》しかった。

一度辞めた新日本プロレスに出戻った前田日明《あきら》が、真正面から技を受けてくれた藤波辰爾《たつみ》について試合後に語った、「無人島だと思ったら仲間がいた」という言葉を思い出した。

すみません、サインもらっていいですか？

ゴールデン街にある「出窓」というバーには看板娘がいる。大学で演劇をやっているという女の子が週に二、三回カウンターに立つのだ。彼女がいる日は客層がガラッと変わる。カウンターには、まーまー若い男たちがズラッと陣取り、別にガツガツしてませんよ、という顔でジントニックを注文したりしている。彼女が氷を器用に砕く手元を、カウンターに座る男たちは固唾《かたず》を呑《の》んで見守っていた。彼女の笑顔は屈託がなく、どんな客にも優しい。よって男たちは全員、「俺に気がないわけじゃないような気がする」という回りくどい気持ちにさせられる。

僕が初めて「出窓」に来たのは、まったくの偶然だった。雨宿りで店に駆け込むと、恰幅のいい男性がカウンターに立っていた。その人がマスターだった。元はワインの卸をやっていたらしく、とにかく酒に詳しい。僕がフェルネットブランカというリキュールに凝っていると話したら、その場で酒屋に電話を入れてわざわざ取り寄せてくれた。それから通うようになり、結果的にその看板娘にもよく会うようになった。

ある日、カウンターでほぼ酔い潰れていると、僕の前に一冊の本が差し出された。

「すみません、サインもらっていいですか？」

看板娘だった。本は僕が書いた小説のハードカバー版だ。カウンターの他の男たちの冷たい視線を一身に感じながら、手早くサインを書いて、「ありがとうございます」とだけ告げた。

「友達に頼まれたんです」

彼女のその言葉に、男たちが安堵《あんど》の表情を浮かべたのを僕は見逃さなかった。

知り合いが経営している恵比寿《えびす》のレストランの壁にサインを書いたこともある。オープンしたてのレストランの壁は真っ白で、清潔感に溢れていた。

「せっかくなんで、壁にサインしてくださいよ」

真っ白の壁に酔っ払いがサインを書くのは、かなりハードルが高い。そして僕には知名度がない。それはちょっと、と最初断ったが、「いやいやなんとか！」と店主はまったく引いてくれない。最終的には根負けして、真っ白の壁に黒のマジックで大きめにサインを書かせてもらった。正直、大きく書くことに慣れていなくて、間抜けな感じのサインになってしまった。ただサインというものは、当人以外には、間抜けに見えるかどうかなんてことはどうでもいいことだろう。「おお」なんてまわりが、盛り上げてくれた。その落書きみたいなサインの前で、みんなで写真まで撮った。それからなんとなく様子を窺《うかが》うように、何度かそのレストランを訪ねている。

先日もその店に立ち寄ると、女性客ふたりが「このサインは誰のサインなんですか？」と地獄のような質問をしていた。

「だから嫌だったんだ」と僕は途端に瞑想《めいそう》に入った。店主が派手めに僕の経歴を説明してくれていたが、「へー、知らない」とあっさり興味は尽きた様子。

あっさりした女性客のコメントが耳に残ったまま、帰りの電車の中で、メルカリを暇つぶしに見ていた。すると自分のサイン本が定価より高値で売られている。そしてそれらは全部売れ残っていた。僕は躊躇《ちゅうちょ》なく、自分のサイン本を一冊購入した。僕にだって一欠片《ひとかけら》のプライドがあるのだ。

では一枚だけ頰杖《ほおづえ》ください

「頰杖をついてください」

カメラマンは僕にそう促した。仕方なく頰杖をついてみる。我ながら偉そうだ。「はい、そのまま頰杖キープで！」という声と共に、断続的なシャッター音がスタジオに響き渡る。とある雑誌の取材だった。

取材していただけることは、ありがたい。ありがたいが、頰杖は「なに気取って

んだ」とネットで叩《たた》かれがちなポ

スだ。だが誌面がそれっぽくなるので、求められがちな

十を超えて文章を書き始めてから、突然写真を撮られる側に回ってしまった。薄毛に腰痛《ようつう》、シミにクマ、もう鏡もあまり見たくなってから、自分の顔面が雑誌や新聞に載るようになってしまった。若い頃、雑誌などに載る作家や著名人が頬杖をついているのを見かけるたびに、「文豪気取りかよ！」と心の中で突っ込んでいた。そこまで重々わかっていながら、今日も頬杖をついてしまった。言い訳にしか聞こえないかもしれないが、つかないと終わらない空気が現場にはうっすら流れている。

前にやんわりと、頬杖って偉そうに見えるからやめませんか、と取材現場で言ったことがあった。「わかります」そう同意してくれたカメラマンが「では一枚だけ頬杖ください」と元気に言った。そしてその一枚が、誌面に載る。

写真は数枚から選べることになっているが、これでいきたい！　というものがメールで先に送られてくる。他のもので、と主張するときもたまにはある。ただ「できれば、この写真でいきたいです。もしどうしても他の写真にしてほしい場合は構

いませんが」という内容を読んでしまうと、「それでいいです」と折れてしまいがちだ。

ここ数年仲良くしているテレビのディレクターはまわりの人から、「合成」というあだ名で呼ばれている。グループ魂にいそうな名前だ。彼はコロナ禍になる前、海外ロケの仕事がレギュラーで入っていて、年の三分の二は国外にいる日常を送っていた。

「いま、カンボジアだよ！」とアンコールワットの前で写真に収まっていたと思ったら、新しいＬＩＮＥが届いて「いま、フランスにいます！」と凱旋門《がいせんもん》の前で撮られた写真が送られてくる、といった具合だった。ただ彼は、どの国のどの名所で写真を撮っても、絶対に背筋を伸ばして、直立不動で写真の真ん中に収まっている。写真はいつもアシスタントに撮ってもらっているらしい。そのあまりの直立不動さが合成じみていて、「合成」といつしか呼ばれるようになった。

「合成から新しい写真、来た？」

別のテレビマンから連絡が入って「まだ来てないよ」と送ろうとしたとき、直立不動でマーライオンの前で立っている、合成からのＬＩＮＥが届いたこともあった。

「いま、シンガポールだよ！」

だろうな。何年にもわたって送られてくる直立不動写真に、だんだんまわりも慣れてきてしまった。慣れすぎて、影響を受け始める連中まで出る始末だ。合成のポーズを真似して写真を撮ることが、僕たちの間で、いま静かに流行《はや》っている。明日は一件、雑誌の取材がある。頬杖からの脱却、直立不動ブームの到来。場所は三軒茶屋。すべての写真を直立不動で押し切れないか、挑戦してこようかと思う。

行け！いましかない！

以前、都内の書店回りをした。書店回りとは、新刊が出たとき、大型や中規模の書店を回って、サイン本を作り、店員さんにご挨拶《あいさつ》をして、色紙を置かせていただくという営業だ。

作家業において、かなり重要な仕事の一つだと思っている。サイン本は版元への返品ができないので、本の売れない時代、作家はなかなかサインを書かせてもらえない。だから、来店してもいいですよ、と書店さんから許しが出るのはかなりありがたくて、うれしいことだ。

そのときは、七軒の書店を回らせてもらって、四百五十冊以上のサイン本を作った。さらにＡｍａｚｏｎ用に百冊サイン本を作るという、サインまみれな一日だった。

朝から始めて、終わったのは夜の八時を過ぎていた。フラフラになって担当編集者に別れを告げ、店構えから期待できそうにない中華料理屋に疲れすぎてふらっと入ってしまった。

「いらっしゃい」の定型の挨拶がまず聞こえてこない。中華料理屋の主人は「行け！　いましかない！」と店内の高い所に置いてあるテレビを見上げ、パチンコ実況チャンネルに声援を送っていた。

その光景を見ながら、入り口近くで呆然《ぼうぜん》と立ち尽くす僕に向かって、「ラーメン？」とあちらから聞いてきた。斬新《ざんしん》だ。余程のおすすめメニューなんだと思い、「はい」と答えてカウンターの席に着く。

「ラーメンだったら、ラクだなあと思ってさ」

とニヤッと店主が笑った。あまりに正直すぎるし、ラクを求めすぎだ。しかし、疲れすぎていた僕はそう思ったものの、注文を変える気力が残っていなかった。

案の定、雑につくられたヌルいラーメンが出てきた。ズルズルやっていると、担当編集者からメールが届く。

「Ａｍａｚｏｎの限定サイン本、売り切れたので追加で書いてもらっていいですか？」

結構、はしゃいだ内容だった。それでは限定にならないのでは？　と返信するが、その意見は無視された。

前にも似たようなことがあった。新刊の発売直後だけ「初回限定カバー」で文庫を作った。ありがたいことに、それはあっという間に完売した。すると担当編集者が「初回限定カバーは追加することになりました！」と元気に言ってきた。

そのときはまだキャリアが浅くて言われるままにやっていたから、「了解です」とアッサリ承諾してしまった。その後、初回限定カバーは二度で終わらず何度か追加され、書店に余るという事態に至る。「売るのは、いましかなく、強気に出たんですが」と弁解されても、僕は「自分の力不足で、すみませんでした」としか返せない。

Ａｍａｚｏｎの「日本文学」というジャンルのランキングを眺めたことはあるだろうか。僕は仕事柄、チラチラとたまにチェックしてしまう。なにが驚くって、ランキング上位に宮沢賢治『銀河鉄道の夜』が入っていたりする。ロングセラーにも程がある。

この間、宮沢賢治の次に自分の文庫が並んでいた瞬間があった。ビートルズの次に、ずうとるびがランクインしたような事態だ。そして瞬《また》く間に僕の文庫は姿を消し、『銀河鉄道の夜』はランキングに残り続けている。

流行り病のような自分の存在が身にしみる。そりゃ初回限定カバーも刷り倒すわけだ。中華料理屋の主人の「行け！　いましかない！」という声が、虚《むな》しく耳元でこだましていた。

人は
トークイベントに
行かない生き物です

人間誰だって、何度も同じことをやっていれば慣れる。多分、僕は刑務所に収監されても、最初かなり落ち込むと思うが、半年くらい経《た》つと、なんとなく習慣ができ、二十五年くらい経ったら（無期懲役の設定になってます）、刑務所生活を謳歌《おうか》していそうだ。

だけど、トークイベントは何度やってもまったく慣れない。その理由は自分の集客力のなさだ。最近誰かのトークイベントに出向いたことはあるだろうか？「ない！」という声が聞こえてきました。だいたいの人がトークイベントには行かない。単行本を買った、連載もそこそこ読んでいるという作家のトークイベントだって、めったやたらには行かないはずだ。

大型書店のトークイベントともなると、だいたい百二十名くらいの人を集めなければいけない。僕のトークイベントに百二十名はキツい。そこまで世間は僕に興味がない。「またまた謙遜《けんそん》して」と言う人がいそうなので、一例だけ披露すると、とある大型書店で先日、トークイベントを企画したら、六名応募があっただけだった。単行本自体はありがたいことに重版になった。でもトークイベントには六名なのだ。僕は一度、工場の集団面接の面接官をやったことがある。そのときは七名いた。工場の集団面接よりも少数精鋭のトークイベントを開いてしまった。

そういう場合、担当編集者の知り合いなどでカサ増しした会場で、話すことになる。そんな情けが充満している会場が、盛り上がるわけがない。事前の応募が少ない場合、「すみません！　もっとツイッターで告知してください！」と主催者からせっつかれる。

実質的に応募が六名だったそのトークイベントで、僕は綾小路《あやのこうじ》きみまろよろしく、ノリで客席をいじってしまった。

「今日はどこから来られたんですか？」

僕の質問に、女性は「えっと」としどろもどろになる。その人は編集者が連行してきた出版社の社員のサクラだった。自爆装置を起動させた瞬間だった。

小学生の頃、自宅に友だちを呼んで誕生会をするというのが当たり前の文化圏で育った。教室では誰ともほとんど話さないおとなしい男子が、帰りの下駄箱《げたばこ》で「俺、今日誕生日なんだ」とポツリと突然宣言した。まわりは聞こえなかったか、聞かなかったふりをしてじゃんじゃん帰って行く。僕はその一言を聞いてしまって、その場から動けなくなった。「家、行こうか？」と、つい口をついて出る。その子はニコッと笑った。一緒に歩いて初めて彼の家に行くことになった。

母子家庭だった彼の家には、彼の妹がいた。母親は働いていて不在だった。僕は彼の妹と「ハッピーバースデートゥーユー♪」と手拍子をしながら歌った。もちろんプレゼントなど用意していない。歌の途中で、小学校低学年だった彼の妹が、紙粘土で作ったゴツい牛をプレゼントした。彼はそれを両手で受け取るとオイオイ泣き出し、彼の妹もオイオイ泣いた。僕もつられて涙が止まらなくなった。

スカスカのトークイベント会場で、それでも来てくれた六名とその他を目の前にしたとき、僕はその三人の誕生会をふと思い出したのだった。

ついに原作者先生役が回ってきた

東映東京撮影所に着いたのは、午後三時だった。大泉学園駅から車でピックアップしてもらって、大きなスタジオに入ると中は暗闇《くらやみ》に包まれていた。ところどころにノートパソコンの灯りが点っていて、かろうじて人がいることがわかる。「ハイ、カット」と声がして、スタジオの照明が少しだけ明るくなった。

そこで初めて、体育館くらい大きいスタジオに五十人以上の大人がいて、息を殺して作業していたことに気づいた。

奥のテントの中から森義仁《よしひろ》監督が出てきて「じゃあ、もう一回いきます」と号令がかかる。するとまた現場は静かに暗くなった。もちろん僕はまったく挨拶をするタイミングを摑《つか》めない。人生初の映画の撮影現場への陣中見舞いに来ていた。

僕が書いた小説『ボクたちはみんな大人になれなかった』が映画化され、Netflixでの世界配信と劇場公開が決まっている。正直まったく実感が湧《わ》かず、まわりから「おめでとう」と言われても未《いま》だにイマイチ腑《ふ》に落ちていない。

この映画のプロデューサーの山本晃久《てるひさ》さんに「世界配信って、どんな感じなんですか？」とバカな質問をしてしまった。「世界190カ国で観《み》られます。言語は31カ国語に訳される予定です」と言われたが、世界にそんなにいっぱい国ってあるんですね、くらいの感想しか持てず、イメージが浮ばない。母親には、「あなたの物語にロンドンの人は興味を持たないと思うわ」とロンドン限定でダメ出しをくらった。母親の中では海外＝ロンドンなのかもしれない。

撮影も終盤と聞いていた頃、山本さんから「撮影を見に来ませんか？」と誘われた。正直断ろうと思った。僕はテレビの美術制作という仕事をしてきて、映画の現場にも何度か立ち会ったことがある。

ある日、「今日は原作者先生が見に来て、記念写真を撮ることになっており、待ちでお願いします」と言われた。それから一時間以上は寒空の下で待たされた。待っている間、他のスタッフと「頼むから早く帰れや」と舌打ちしながらモニターを見ていた。

その原作者先生役（役じゃない）が回ってきた。経験を活《い》かせば、ここはきっぱり断るのが筋だと思った。でも自分の作品が映画になると聞いて、興味が湧かないわけがない。実感やイメージは湧かないが興味は湧いていた。こんな経験もうないだろうと思い、迷惑承知でうかがうことにした。

「ハイ、カット」

森監督の掛け声で、スタジオはまた明るくなる。いましかない、と思って監督に挨拶し、差し入れで買ってきたリポビタンDのケースを渡した。撮影も山場を迎え、みなさん疲れているはず、我ながらナイス差し入れ！　と心の中でガッツポーズしていた。

「主演の森山未來《みらい》さんと伊藤沙莉《さいり》さんと写真撮りましょうか」

甘い誘惑だ。そんなもの誰が断れるだろうか。気づいたら、森山さんと伊藤さんに挟まれて写真に納まっている自分がいた。外に出るとキッチンカーが停まっていて、コーヒーから軽食までご自由にどうぞと書いてある。スタッフの人が「Netflixさんからの差し入れのキッチンカーなんです」と教えてくれた。

差し入れがキッチンカー。ついさっきリポビタンDのケースを誇らしげに渡した自分を、ガッツポーズした拳《こぶし》で殴ってやりたいと思った。

暗闇から手を伸ばせ

劇場公開と全世界配信が予定されている Netflix 映画『ボクたちはみんな大人になれなかった』のプレミア上映イベントが、新宿で開かれた。会場はありがたいことに満席だった。

僕が人生で最初に書いた小説で、最後になるはずだった小説の映画化。うれしくないわけがない。小説を書き切ったとき、「いい思い出作りになったんじゃない?」

と友人に言われた。

思い出作りで終わるはずだった小説が、多くの人との巡り合わせによって映画にまでなった。観客席で、僕は舞台挨拶を眺めながら、とある夜の出来事を思い出していた。

ネットで有名な起業家のパーティに野次馬気分で参加してしまったときのことだ。その起業家は美女を何人か従え、「四十歳を超えて年収が一千万円以下の人間はクズだね」と言った。そこにいた他の連中は「おいおい」とヘラヘラ笑う。

「シャンパン持ってこい」と誰かが言ったところまでは憶えている。僕は比喩《ひゆ》ではなく、本気で目眩《めまい》がしてその場を離れた。自分が見すぼらしい存在として蔑《さげす》まれたと感じた。過呼吸を起こしかけ、そのままパーティ会場をあとにした。

僕が小説を書いたのは、四十を過ぎてからだ。その小説はありがたいことにベストセラーと呼ばれるものになる。まわりがわかりやすく一瞬だけチヤホヤしてくれた。そのとき、頭をよぎったのが、あの起業家の言葉だった。

「四十歳を超えて年収が一千万円以下の人間はクズだね」

その呪《のろ》いの言葉で、僕は正気を保つことができた。ベストセラーと呼ばれても年収は一千万円に遠く及ばない。本が売れない時代のベストセラーは、CDが売れない時代のオリコントップテン入りくらいの名ばかりの冠だった。

先の保証は何もない。同じ頃に連載を持っていたWeb出身の物書きは、もうほとんど書く仕事を辞めてしまっている。Web出身の若い書き手は、上の連中の成功と失敗を研究して、慎重に確実に上がってくる。一寸先は闇。振り返ると代わりがいくらでも湧いて出てくる世界で僕は生きている。

映画館の闇の中で、僕はさらに昔のことを思い出していた。

「小説でも書いてみたら？」

あのとき、彼女はそう言った。場所は渋谷のラブホテルの一室だった。安い部屋で、絨毯《じゅうたん》は毛玉だらけの赤い色だった。空調は狂ったような音を立てていたし、浴室の上に開いた窓から冷たい冬の空気が入り込んでいた。

答えられないままでいると、なおも彼女はつづける。

「君は大丈夫だよ。おもしろいもん」

彼女はそう言うと、ベッドの上で仰向《あおむ》けで寝ていた僕の胸に耳を当て、心臓の音を聞いていた。彼女のその言葉で、僕は今日までやってこれた気がする。

彼女はそんなことを言ったことも忘れてしまっただろう。それくらいの時間が経った。僕は映画館の闇の中で、伊藤沙莉さんの声で再現されたその言葉を聞いて、恥ずかしながら落涙してしまった。

「君は大丈夫だよ。おもしろいもん」

誰になんと言われようとも、もう途中退場はしない。いらないと言われるまで書くだけだ。あのときの彼女はもういない。ならば自分で自分を鼓舞するだけだ。大丈夫、君は面白い。

自称ミュージシャン
♪おつか〜れ〜
おつかれさんでーす
いつも思ってたんですけど山本さんの「♪おつかーれー」って言い方独特ですよねー
え？ああ
あの人自分はミュージシャンだとか言ってるけどライブとか特にやってないみたいよ
へえー 山本さんてどんな音楽やってるんですかねー
TMネットワーク信者みたいよ昔カラオケ行った時は小室ファミリーの曲ばっか歌ってたよTRFとかまあ上手かったけど
へえー
じゃあ店長
♪おつかーれー
やめろおつかれー
♪おつかーれー
ハハハ
あっ
山本さんの「♪おつかーれー」がTRFの「♪マスカーレード」だと気付いた私は嬉しくなってひと駅分歩いて帰った

3 自称ミュージシャン

「ミスチルの『イノセントワールド』作ったの、ここだけの話、俺なんだ」

五反田の映像編集所でアルバイトしていたとき、先輩がそう話しかけてきた。彼は僕以外のアルバイトには「ＭＡＸ知ってる？　あの一番右の子といま付き合ってるんだ」と居酒屋の天狗《てんぐ》で、ひそひそ声で自慢していたらしい。先輩の話は「信じるか信じないかはあなた次第です」ではなくて、信じなくていいです、だった。編集所のアルバイトに慣れていくうちに、先輩が日々かますホラも右から左に聞き流せるようになっていった。「マジですか」だいたいこの一言で、みんな仕事に戻って行く。先輩は懲《こ》りずに盛大にホラを吹きまくっていたが、いろいろ辻褄《つじつま》が合わなくなったのと、もともと仕事はあまり良くできなかったのとで、アルバイトを辞めることになった。どんなにくだらない人とでも、一緒に働いた人との別れはそれなりに悲しい。バイト代表が彼に花束を渡す。彼は、こほんと咳払《せきばら》いをして、最後のあいさつをした。

「東芝ＥＭＩからデビューが決まったので辞めることになりました」

涙ながらに彼はそう言った。なぜだろう、僕も他のバイト仲間も、笑いをこらえながら、意味のわからないもらい泣きをしてしまったことを憶えている。

世界は弱肉強食で出来ている

新宿歌舞伎町で遭遇したショッキングな場面が、いまでも忘れられない。それはふと、人の気配を感じて、雑居ビルの間の路地を覗《のぞ》き見たときのことだった。ビルとビルの隙間《すきま》で、器用に男女がまぐわっていた。最初、猫かな？　と思った。よくよく見たら、白いジャージの若い金髪男と、水商売以外の職業なわけがないお姉さんだった。僕はとりあえず通り過ぎて一周し、その隙間の前に戻り、再度チラ見した。まだまぐわっていた。

その直後、白いジャージの金髪男は、あとから来た黒いスーツの男に引《ひ》っ叩《ぱた》かれ、まぐわいは強制終了となる。つづいて今度は黒いスーツの男がお姉さんと濃厚なキスを始めた。僕の脳裏では久々に弱肉強食という言葉が点滅していた。

小学生の頃のことだ。僕の学校は、山の上にあって、かなり急な坂を登っていかないと辿り着けなかった。いまではすっかり舗装されたらしいが、当時はジャングルみたいな森を抜けて、毎日学校へ通っていた。

その日も僕はジャングルの中を、ズンズンと歩いていた。ふいに、右側の視界の隅で何かが動いた。気になって、気配がした付近をジッと目を凝らして見る。別に何の異状もなく……いや、あった。仔猫《こねこ》だ。仔猫と目が合った。しかしすぐに黒い物体にさえぎられる。僕は慌《あわ》てて近づいてみた。すると、まるで知恵の輪みたいに、仔猫に大蛇が絡《から》みついていた。仔猫はされるがままで、鳴き声もあげない。僕もあまりの光景に声が出ない。他にも生徒は歩いていたが、目に入らなかったのか、平然と通り過ぎていく。

神奈川県は、よその都道府県の人が思っている以上にバラエティに富んでいて、港町のヨコハマから山奥のど田舎まである。そして、そのほとんどがど田舎だ。御多分に洩《も》れず、僕が住んでいたのもど田舎だった。登校中、蛇はたまに登場するありふれたキャラクターで、生徒たちは蛇ごときの登場では騒がなかった。

しかし、そのときは大蛇のとぐろの中に仔猫がいた。だめだ、僕だけではどうにもできない、見なかったことにしよう、そう思った瞬間だった。

ぐるぐると大蛇がとぐろを巻く中でもう一度、仔猫と目が合ってしまった。うまい具合に武器になりそうな木の枝は落ちていない。その頃流行っていた漫画『キン肉マン』のブロッケンJr.というキャラクターが思い浮かんだ。彼の必殺技は「ベルリンの赤い雨」という名のチョップだ。大好きな技だった。

僕は左手にパワーを込める。そして「ベルリンの赤い雨！　雨！」と連呼しながら大蛇にチョップを食らわせていた。いま考えても恐ろしい。あのとき、一生分の勇気を使ったに違いない。

そこへ親猫らしき黒猫が突然現れ、大蛇に向かって鳴き始めた。僕は、パンチの連打をつづける。サバンナのような弱肉強食の戦いが、神奈川のど田舎で繰り広げられていた。

つづきがまだある。そこに教師が現れ、無言で大蛇の首根っこを摑み、面倒臭そうに大蛇を両手で持ち上げ、あっさり仔猫を救出した。親猫と仔猫と僕は、ただただ呆然としていた。「おい、遅刻だぞ」と怒鳴ると、教師は大蛇をジャングルの奥に当り前のようにぶん投げた。

この世界は弱肉強食で出来ているのだ。

夢や希望よりも「生きてるだけで立派」な年頃

「当社のプロテインを絶賛するコメントをSNSに書き込んでいただきたいです。ギャランティーは〇十万円で、いかがでしょうか」という喉《のど》から手が出てきて、親指を立てたくなるようなメールが届いた。

しかし届いたとき、僕は原因不明の嘔吐《おうと》を繰り返す不健康な状態で、明日朝イチで点滴を打ちに行こうとしていたところだった。そんな人間が、プロテインを人に薦めていいものだろうか。いいわけがない。

　母親と久しぶりに電話で話したら、「生きてるだけで立派よ」とかなりハードルの低い讃辞《さんじ》をもらった。母親は大病をして、僕も四十の半ばを過ぎて、夢や希望よりも「生きてるだけで立派」な年頃になってきたのかもしれない。そんなほぼ四《よ》つん這《ば》いの人間に、「プロテイン最高！」なんていう元気溌剌《はつらつ》な宣伝をする力は残っていない。

　丁重にお断りのメールを送った。そのあとしばらく、プロテインを誰が絶賛するか、SNS界隈《かいわい》を見張っていた。それはそれは日々、プロテインの「プ」の字も発信したことのなかった有象無象のインフルエンサーたちが、絶賛、絶賛、また絶賛を繰り返していた。

　僕のSNSのダイレクトメッセージに、定期的に不幸の手紙を送ってくる人がいる。その内容はざっくりまとめると、「この金の亡者が！」というものだった。きっと送り主は、何かにムカついたとき、便器に唾《つば》を吐き捨てるように、僕にダイレクトメッセージを送って憂《う》さを晴らしているんだと思う。そして自分の気が向いたとき、思い出したように僕のツイートを読んでいるので、やけに儲《もう》かっていると明らかに勘違いしていた。

ダイレクトメッセージの送り主は、男か女かわからなかった。文面からして、男っぽいなと思ったが、そう見せかけて女という場合もある。年齢も不詳だ。もちろん返信などしていなかったが、その日はとにかく気が立っていた。例の断ったプロテイン絶賛コメントのギャランティーが、これまでのあらゆる原稿料より高額だと、いまさら気がついた。倍くらいは良かった。金の亡者《もうじゃ》だったら、秒で飛びつく案件だった。

闇にボールを投げるような行為だとわかっていながらその日、「金の亡者ではありませんし、あなたが考えるより、儲かっていません」といった内容を書いて送信してしまった。そして、そのままＰＣの画面を閉じた。

返信はなかった。唾を吐き捨てた便器からいきなり話しかけられても、それはそれで驚き、困るだろうと申し訳ない気持ちにもなった。そして数日後、「おつかれさまです」とだけ記された返信が届いた。思わず僕も「おつかれさまです」と返した。数日前、僕は友人に小さな嘘《うそ》がバレて絶縁されたばかりだった。それなのに、不幸の手紙と呪いの言葉を送ってくる知らない人間と心を通い合わせようとしていた。

やり取りはいまも続いているのだが、もうそろそろ返信するのはやめようと思っている。罵詈雑言《ばりぞうごん》を浴びせてきた男（男でした！）は中学校の教師で、日々学校の業務が忙しすぎて参っているなんて愚痴を聞いている場合ではない。不幸の手紙を送ってきた男に「わかる！」とか共感している場合ではないのだ。自分の健康状態が、ままならないというのに。

ブエノスアイレス発の銀河鉄道

おしゃれな雑誌を読んでいたら、感じのいいカフェが載っていた。行ってみようかと住所を確認したらロンドンだった。その隣の記事は、下北沢の喫茶店の紹介だった。「国とかじゃなくて、おしゃれかどうかで選んでるので」と、おしゃれな雑誌に言われた気がした。載っていた地図は、水彩絵具でさらさらと描いたような感じで、これを参考にしても一生、辿《たど》り着けそうになかった。

FMラジオを聴きながら作業をしていると、たまに「今日の東京の最高気温は19℃、ニューヨークは8℃、ロンドンは11℃です」みたいな「世界と私は繋《つな》がっている」的な天気予報に出くわすことがある。

渋谷の円山町の仕事場にだいたいいるので、ひとりでカタカタとキーボードを打ちながら、「ほー、ニューヨークは今日寒いのか」と無駄な独り言を吐いたりする。ラジオのパーソナリティが「今日、ニューヨークに旅立たれる方、暖かくして行くといいかもしれませんね」と付け加えたとき、またフクロウのような声が漏れてしまった。「ほー」と。

時々、おしゃれな無意味さにクラッとしてしまう。

自称「職業　旅人」という知人がいる。旅をしながら行く先々の写真をネットにアップして、その広告収入で暮らしている。突発的に温泉旅行をするくらいの僕とは、あまりに違う人生を送っている男だ。久しぶりに会った知人は、最後に見たときよりも倍は肥えていて、限りなく球体に近かった。「自分の目で世界中を見ないと人として生まれてきた意味がないよ」とのたまいながら、僕の背中をバンバンと叩いた。だよなあ、とテキトーな相槌《あいづち》を打つ。彼が次に行きたい場所は、北欧らしい。「北欧のホテルの写真はPVが伸びるんだ」とケタケタと笑っていた。

昔好きだった人が、着ていた赤いカーディガンをつまんで裾《すそ》を広げ、「このカーディガン可愛《かわい》くない?」と訊《き》いてきたことがあった。場所は渋谷の公園通りだった。僕はその頃、彼女のことが自分のことよりも好きだった。「似合ってると思う」と返した。

「この赤いカーディガンさ、この前、下北の古着屋で買ったの。このタグ見て」

彼女は赤いカーディガンの内側の白いタグを僕に見せる。そこには「made in」のあとに聞いたこともない国の名前が記されていた。その国の名前を、どうしても思い出せない。暑い国だった気がする。でも暑い国でカーディガンは着ないから違ったかもしれない。

彼女は「この服はさ、わたしが着るまでに、いろいろな場所を旅したんだよ。すごくない?」と言った。僕は彼女の突拍子もないけれど、ありあまる想像力を大切にしているところが好きだった。「すごくない?」は彼女の口ぐせだった。それくらい彼女には「すごいこと」がしょっちゅう起きていた。彼女はつづけて言う。

「ブエノスアイレスで丸ノ内線の車両がリユースされて走っているの知ってる?

すごくない？　それを思い出すと泣けてくるんだよね。それとこの服は似てると思わない？」

彼女はご満悦そうに笑った。

宮沢賢治は宇宙を旅して、『銀河鉄道の夜』を書いたわけではない。イーハトーブの夜空を眺めながら、田園の向こうを走る汽車を見て、頭の中で銀河を旅したのだ。いま、この原稿を書きながら、ブエノスアイレスの天気をインターネットで調べてみた。今日は快晴で、最高気温は22℃を超えるらしい。

「運命」と呼んで片付ける日々

「これが人生最後の勝負になると思っている」

親友のTは力強くそう言って、買ったばかりの一眼レフカメラをテーブルの上に置いた。彼と僕はそのとき、同い年の四十八歳だった。ビジネス書は常に「迷わず突き進め！　いまが人生で一番若い！」と煽《あお》る。そんな文言で火がつく人間はいるのだろうかと疑問に思っていたら、ものすごく身近にひとりいた。彼は貯金をおろして、一眼レフカメラを購入し、学生時代からの「写真家になる」という夢に四十八歳にして挑戦するというのだ。

四十八歳といえば、織田信長《おだのぶなが》なら本能寺の変で一生を終え、僕とTの共通の知り合いが結婚して離婚して結婚して離婚してバツ2になるくらいの月日だ。そろそろ人生の夕暮れどきに差し掛かっているといっても過言ではない。ただ、僕が物書きを始めたのは四十三歳だったので、彼を止める資格はないに等しい。そしてすぐに彼は有休を使って日本各地へ撮影の旅に出てしまった。「人々の日常を写真に収めたいんだ」と爽《さわ》やかな笑顔で意気込みを語ってくれた。メールもLINEもある時代に、旅先から僕宛《あて》に絵ハガキが届いた。

「いま、高松です！　子ども達のいい笑顔の写真が撮れました！」

絵ハガキの文字が躍っている。なんとなく絵ハガキを出したくなるほど嬉《うれ》しい気分なのは伝わってきた。そこまで入れ揚げているんだから、もしかして本当に仕事にして、何かしら大きなことを成し遂げるかもしれない、そんなふうにすら思っていた。

彼が夢を語ったあの日から半年ほど過ぎた頃、僕はTと渋谷のモスバーガーで再会した。Tはテリヤキバーガーを食べながら、恥《は》ずかしそうに言う。

「これ、読んでもらえないか？」

テーブルの上に置かれたのは、小説の原稿だった。「ん？」と悪い予感がしたが、Tは紙の束を僕のほうに押しつけてくる。中をペラペラと見た。

「小説ってさ、まず原稿用紙に二百枚とか書けないでみんな挫折《ざせつ》するじゃん。それが書けちゃったんだよね。自分でも気づかなかった自分の中にあった言葉っていうのかな……」

起きながら寝言を言い出した。

「お前、写真家の夢は？」

たまらなくなって、話をさえぎるように訊いてしまった。

「一眼レフを銀座線の中に置き忘れちゃってさ。あっ、これは運命だなって、すぐにわかったよ」

と爽やかに言う。「運命」という言葉がこんなに軽く使われる瞬間もそうはないだろう。でも、自分にも憶えがあった。

昔、アルバイトの面接に行くとき、両手に大荷物のおばあさんがよたよたと横断歩道を渡っているところに遭遇した。僕はとっさに「荷物持ちましょうか」と声をかけた。「あら、悪いわね」とおばあさんは僕に荷物を預けてくれた。「駅までお持ちしますよ」と言うと、「あら、いいの？　やさしいねえ」と満面の笑みで喜んでいた。

ゆっくりと駅までの道を、僕とおばあさんは歩いた。駅に着く頃、面接に間にあわないことが確定した。僕はそのとき、「これも運命だな」と自分に言い聞かせた。「運命」の二文字で、突然アルバイトの面接に行きたくなくなった自分の気持ちに砂をかけていた。「運命」という二文字はあらゆるシチュエーションであきらめるときに使える魔法の言葉なのかもしれない。

魂がゾクッとする

まわりに黙って金沢に行った。東京駅構内のカフェで打ち合わせをして、そのまま新幹線に乗ってしまった。金沢までは、三時間くらいで行ってしまう。「行ってしまうじゃねーよ」と次の打ち合わせ予定だった人に突っ込まれそうだが、それに関しては心の土下座で詫《わ》びるしかない。とりあえず、行ってしまった。電車の中で、金沢からさらに離れた温泉宿を検索した。

「加賀温泉」

なんとなくだが、響きがいい。今日はここに宿泊することにした。

在来線の乗り継ぎもうまくいき、無事に加賀温泉駅に着く。電車内で宿に予約を入れておいたら、迎えのワゴン車が待っていた。駅を出ると、空気がキリッと冷たく新鮮に感じられる。迎えのワゴン車に乗ったのは僕ひとりだけで、年配の運転手が「なにもないでしょう」とこちらも見ずに言った。

すぐに着いた温泉宿は、僕がさっきインターネットで見た写真とは、だいぶスケールが違うように見えたが、まあ贅沢《ぜいたく》は言えない。運転手にお礼を言って、まずはロビーで記帳を済ませた。案内された部屋は、全体的に黄ばんでいる印象だった。

大浴場は一階の奥、露天風呂《ぶろ》は工事中、食事は夜の七時からで、朝食は八時でお願いします、と怒濤《どとう》のように説明され、それが終わるとスッと襖《ふすま》が閉まった。黄ばんだ部屋にポツンとひとりになる。まったくもって土地勘のない場所にポツンとひとり。この瞬間、魂がゾクッとするのを感じる。「来てしまった」という快感と背徳が興奮を誘う。とりあえず仕事の電話を返すことにした。いま加賀にいますと担当編集に伝えると、「加賀って、どこですか？　そこはＷｉ－Ｆｉありますか？」

と即座に訊かれる。案内のファイルにＷｉ－Ｆｉのパスワードが書かれてあった。冷蔵庫には、ビールとコーラがキンキンに冷えている。上出来じゃないか。編集者に「ありました」と手短に答え、電話を切る。浴衣《ゆかた》に着替えた。

「大浴場」と書かれた暖簾《のれん》をくぐると、そこは小浴場だった。

「なるほど」と謎《なぞ》の納得を声に出して湯船に浸《つ》かってみた。肩まで浸かりながら、目を閉じる。外から話し声が聞こえてくる。いや、話し声ではない、それは話し声にどこまでも近い歌声だった。

風呂場の小さい窓を恐るおそる開けてみた。さっきの年配の運転手が森のほうに向かって、エアマイクで熱唱していた。窓は立て付けが異様に悪く、サッシは小さい虫が死に放題だったため、ギイギイと音がして、運転手に気づかれてしまった。

「すみません」と僕は癖で謝る。

「金曜、歌合戦の本番なんです」

エアマイクのまま、運転手は歌っているときよりもいい声で、ハキハキとそう答えた。僕は「がんばってください」とエールを送り、ギイギイとまた虫を潰《つぶ》しながら窓を閉めた。いったん冷えた体を温めようと、改めて湯船に浸かる。ゆっくり目を閉じる。するとまた、話し声のような抑揚ゼロの運転手の歌声が聞こえてくる。目を閉じたまましばらく強制的に聞かされて、ハッと気づいて目を見開いた。「『逃げ恥』の曲か」。小浴場の天井を眺めながら、心の声が漏れてしまった。

好きな男ができたから別れたいの

「あのさ、好きな男ができたから別れたいの」

彼女はPHSの音質の悪い電波の向こう側で、ハッキリとそう言った。彼女から、別れてほしいと言われたのは、三度目だった。いまから二十四年前のことだ。正確に憶えているのには訳がある。PHSを初めて持って、最初にもらった電話が、彼女からのその電話だったからだ。

彼女はとにかく男の出入りが激しかった。

「またかよ」

僕はその電話に思わずそうつぶやいて、呆《あき》れた感じで「了解です」と答えた。彼女は筋金入りの浮気っ子だった。黙っていても男が寄ってくるというタイプではないが、なんとなく醸《かも》し出す色気のようなものが、自分の意図しないところでダダ漏れていた。誰に話しても、「あれは仕方ない」と同情ではないがディスでもない言い方で、毎回なだめられていた。

バイトを始めれば店長と不倫。イベントの手伝いで入っただけなのにミュージシャンのセフレに。そして三度目が「好きな男ができたから」の、その電話だった。

「今度はちゃんと好きな人なの。紹介したいくらい」

「なんで紹介するんだよ！」

最高裁でも必ず勝てるツッコミを入れた。僕のそのフツフツと怒っている口調にすら、彼女はカカカと笑っていた。とにかくまた彼女は新しい港（男）を見つけ、否応《いやおう》なく別れることになった。過去二回はだいたい半年くらいで、彼女のほうから電話がかかってきていた。

「いま、何しているの？」

こっちのセリフだ。もしくは放っておいてくれ、と言わなければいけないところなのに「別に」とあいまいに答えてしまっていた。

これはもう愛だとか恋だとか、そんな甘さやビターの効いた話ではない。蛇に睨《にら》まれた蛙《かえる》以下のおたまじゃくし、野球で言えばコールドゲーム、どうしてそうなってしまったのかは、僕にもうわからなかった。

三回目の別れから一年が過ぎた。彼女からの連絡は一向になかった。こちらにも生活があるので、彼女のことが心に引っかかったまま、仕事をしたり、セックスをしたり、インフルエンザにかかったりしていた。

するとやっとのこと、彼女から電話がかかってきた。その日はクリスマス当日だった。イブではなく二十五日の夜だった。正確に憶えているのには、これまた訳がある。彼女が言いづらそうにポツポツと話し出したことが衝撃的だったからだ。

「あのさ、結婚することになったんだ、カカカ」

一年経《た》っても人を小馬鹿《こばか》にした笑い癖は、まったく直っていなかった。

「あーそうなんだ」

僕はとにかく平静を装《よそお》う。

「で、結婚式来る？」

「なんで行くんだよ！」

またしても最高裁で必ず勝てるツッコミを入れた。

「でもさ、君と会っていたときみたいなドキドキがないんだよね、カカカ」

彼女はそう言って口をつぐんだ。

沈黙の時間がしばし流れた。

「ドキドキしない日常を一緒に過ごしていけることを、人は愛しあっているって言うんだよ」

そんな言葉がノドまで出かかった。でも、それを言うほど、優しくはなれなかった。

ネットはあらゆるミシュランの巣窟《そうくつ》

インターネットの「食べログ」などのサイトを覗くと、チェーン店にすら点数を付け、批評をしているコメントが散見される。とあるチェーンのカフェにも、通りすがりのミシュラン調査員気取りな方々は手厳しい。

「コーヒーがヌルかった」

「店員が愛想がなかった」

「テーブルに水滴がついていた。改善されることを望む」

容赦がない。ちなみにサラリーマンなら全員行ったことがあるだろうチェーンの、都内の一店舗についたコメントだ。そのカフェチェーンは、コーヒー一杯二五〇円しない。求めすぎなのだ。

インターネットによって、万人が発信することが可能になったことにより、一億総評論家時代に突入した。「お客様は神様です」と客に向かって言ったところから、人はつけあがり始めた。その言葉は全国民でなく、朝礼で社員にだけ言うべきだったと思う。

先日、例によって仕事をサボって湯河原に飛んだ。品川で打ち合わせが終わって、山手線で浜松町に向かわないといけない用事があったのだが、小説が一段落し、エッセイも期日までに入稿して、急ぎでない打ち合わせが残っているだけだった。

その打ち合わせには行かなくてもいいのでは？（そんなワケあるか）と足は勝手に品川駅の新幹線乗り場に向かってしまう。立ち止まったら、社会性に追いつかれてしまいそうだ、急げ！

僕は振り返ることなく、小田原行きの東海道新幹線のチケットを購入した。自由席に座って、ペットボトルの焙《ほう》じ茶を一口。「またやってしまった」と生きていることをしみじみと細胞レベルで喜ぶ。

あっという間に小田原に着いて、そこからさらに在来線で四駅。湯河原の駅を降りたところで、宿の検索に入る。最近はどの宿もインターネットに上がっている写真からして美しい。どれもよく見えて迷ってしまう。そしてなんだかんだ言いながら、レビューをチェックしてしまった。

創業九十年という老舗《しにせ》旅館のレビューが目に止まる。一番上に書かれたレビューは、「建物が古い」(創業九十年だからな)。そして、「露天風呂に虫が浮かんでいた。最悪」。三つめのレビューは、「宿のすぐ近くに川が流れていて、うるさかった」(宿の一枚目の写真に川が写っているのに!)。とにかく、ここにも宿ミシュランが勢揃《せいぞろ》いしていた。とりあえずこの宿に決めた(なぜだ)。

部屋は空いていて、駅まで旅館の送迎バスが迎えに来てくれるという。至れり尽くせりじゃないか。すぐに来た送迎バスは、僕ひとりを乗せて旅館を目指す。

運転手さんが「あの、自然が豊かなもので虫がときどき露天風呂に入ってくることがあります」とチラチラ振り返りながら言ってきた。「まあ、そういうこともありますよねえ」と返答する。「あと、創業九十年を迎えまして内装はリニューアルしました。外観は風格がありますが、古い造りのままでして……」とゴニョゴニョと口ごもる。「そりゃ、歴史ありますもんね」と合いの手を入れた。

「ありがとうございます。それで、川が宿の横にですね……」

確実にレビューを読んで予防線を張っている。つくづく面倒な時代になってしまった。

死にたいです、なる早で連絡ください

とあるWebサイトで人生相談を一年とちょっとやった。人生相談と言えば炎上しやすい危険案件とされている。

「その考えは相手の気持ちに寄りそっていません」

「つまりはパワハラ容認ですか」

「その言い回しは完全にセクハラですよ」

答えかたひとつ間違えると罪人となり、『デビルマン』の最終回のように晒《さら》される。僕が連載をやっていたときも、一度炎上しかかったことがあった。

いじめについての相談に答えたところ、「あなたの体験談は作り話だ」という知らない人からのメンションが一件、ツイッターに届いた。するとフォロワーが多い有名アカウントが犬笛を吹くかのようにそれをリツイート。結果、ボヤくらいには燃えた。

「俺も作り話だと思った！」

「てか、あいつイジメられたことないよ、文面でわかる」

「燃え殻は生理的に無理」

そんな感じの感想や誹謗中傷《ひぼうちゅうしょう》がワーッときて、数日でワーッと消えた。

人間は残酷な生き物だ。「人類みな兄弟」と唱えたのは誰だっただろう。なんとなく思い出さないほうがいい気がする。とにかく人類みな兄弟は無理な相談だろう。最初から悪意を持って接してくる人というのが一定数いる。いろいろあって喧嘩《けんか》したなんて人とは、数十年後に温泉に行く可能性だってあるが、最初から悪意がある人とは、死ぬまできっとお茶をするのも無理だ。

ネットでの発信は、意図しないところまで発言が届く、というメリットかつデメリットがある。人の悩みは十人十色、よって答えも十人十色。どこかの誰かにとって人生相談の回答は「そりゃ違うよ」になりがちだ。それを完璧《かんぺき》に悟ったとき、僕は連載を終了した。

数年経って、あの人生相談をまとめて本にしないか？　という甘い誘いがきた。僕は二つ返事で乗ってしまう。その人生相談本を出版してから、ツイッターには「今夜死にたいんです。どう思いますか？」とか「私は借金でもう死ぬしかありません。どうすればいいですか？」という、主に死と金がチラつく知らない人からのダイレクトメッセージが大量に届くようになった。

人生相談をする前は、「お前のことが嫌いだ！」と知らない人からメッセージが飛んで来て、「了解！」と返すみたいなショートショートなやりとりが多かったが、人生相談をしてからは心療内科のような重めで長めの相談が激増した。

残念ながら僕は心療内科医ではない。薬は出せないし、治療もできない。ただ内容に切迫感があるものが多く、スルーするのも容易ではない。暗くて沈んだ気持ちになりながら、個人的に数件返信したりもした（いまはもう返信していません）。

昨日は小説の改稿作業の山場だった。「とにかく明日の昼までに必ずゲラを戻してください！」とその日の昼にゲラを送ってきたのに、鬼よりも鬼の締め切りを担当編集者が言ってきた。そんなときにかぎって、ツイッターを開いてしまう。すると「死にたいです。明日の朝までに必ず返信してください」という、鬼編集者よりもさらに鬼納期のダイレクトメッセージが届いていた。「僕もどちらかというと死にたいです。明日の昼までにゲラを戻さないと、激怒されそうなんです」と返信したら、「ガンバリましょう」と即レスが届いた。人類みな兄弟。いつか実現する日が来るのかもしれない。

「どっちかというと消えたい」くらいの傷だらけで生きている

以前、とある有名俳優の男性がひっそり引退し、地方の寂れたビジネスホテルで独り暮らしをしているという記事が、ネットを一日だけ賑《にぎ》わした。長期滞在ということで、本当は一万円の宿泊料を五千円にまけてもらっていると、本人がインタビューで答えていた。

収入はいまは再放送料くらいしかなく、ＣＭを長く担当していた会社から、功労金のようなものをもらい、それを生活費に充《あ》てているという。競馬をたまにやることが、彼の唯一《ゆいいつ》の趣味のようだった。奥さんとは離婚し、人生の終わりを独りで過ごしている彼の姿を見たネット民の反応は、ある人は驚き、ある人は呆れ、またある人は、自分の老後もそうなりそうだと嘆いていた。でも、僕はその記事を読んで、ちょっと羨《うらや》ましいと思ってしまった。

同じ日、「どんな記事でもバズらせてきたライターが、バズる方法を教える」といった趣旨の記事がこれまたバズった。「インスタグラムでセクシー動画をあげていた女の子が漫画雑誌のグラビアに登場したが、やっぱり巨乳で業界騒然！」という記事も、その日、よく読まれていた。僕たちはいま、かなり疲れる世界に生きている。

きっと、あの元有名俳優の男性がネットに接続することは、死ぬまでないと思う。ネットから出てきた若い画家が「ネットから出てきたイメージを払拭《ふっしょく》するために、売れなければいけないと思った」とインタビューで答えていた。まったく同感だし、自分で言ったことすらある気がしたけれど、人から聞くとなんだか虚《むな》しくなるから不思議だ。どっちでもいい。

印刷会社の知人から「ウチの会社も最近、企業に提案をして、イベントの企画もやり始めました。そこで次のコンペは『燃え殻』をテーマにしたイベントを企業に提案してみようと思います。ここであなたの商品価値が試されます。もし企業が、それは面白いと乗ってきたら、相応のギャランティーを払います。僕たちとのガチンコ勝負です」とドヤ顔で語られた。

プロレスラーを総合格闘技に突然出して、「ほら、弱かった！」とやりたいのだろうか。真意はわからないが、とにかく回答は「自分の商品価値なんて、どうでもいい。疲れました」だ。

これを読んでいるあなたも、人にまみれて生きている日々だと思う。決定的に死にたくなる出来事は、そんなに起きないけれど、日々少しずつ磨耗して、「どっちかというと消えたい」くらいの傷だらけで生きている気がする。そんなことないですか？　僕はそんなことあります。

その後、件《くだん》の元有名俳優が定宿にしているビジネスホテルの近くで映画のロケがあって、その映画に出演していた役所広司《こうじ》さんのマネージャーがフロントまで訪ねて行ったという。彼はフロントから連絡を受けると、「いないと言ってください」

と告げ、結局会うことはなかったと続報に書いてあった。
彼の心情や考えを察することは出来ない。ただ、僕もそうしただろうな、と思った。

人間の取り扱い説明書

「では、教科書は閉じてください」

小学五年のときの担任、北村先生はとにかく型破りな人だった。授業を早々に切り上げて、最近の自分のおすすめ本を朗読したり、雑談することが日課だった。授業をまったくやらないわけではないから、朗読の物語は宙ぶらりんのままチャイムの音を聞くことになる。北村先生は登場人物になりきって、情感たっぷりに朗読するので、クラスの大半は途中から北村先生の世界に引き込まれていってしまう。

あるときは中世ヨーロッパの拷問《ごうもん》の話。またあるときは明治時代の遊び人の一生。江戸時代の拷問の話は特に生々しくて怖かった。僕が憶《おぼ》えているものに偏《かたよ》りがあるのかもしれないが、拷問が多めだった気がする。物語はここからだ！　というところで、チャイムが鳴る。クラスから「えええええ」という本気の嘆きが漏れる。「図書室にあと一冊あるから、興味ある人はどうぞ。では日直」と北村先生はまとめて、日直の号令が終わるやいなや、図書室に何人もダッシュしたものだった。

北村先生の、ぼんやりした雑談も好きだった。よく季節の話をしてくれた。春から夏に変わるグラデーションのような、とある一日を北村先生は語ってくれた。夏から秋へ移行する少し物悲しい夕闇《ゆうやみ》についても話してくれた。バレンタインデーでも大晦日《おおみそか》でもない日の深夜に起こった不思議な出来事。親とのこと、にわか雨の匂《にお》いについて、授業を中断して話してくれた。

世の中にはまだ名前のついていないモノや出来事、言葉では表現しにくい感情があることを僕は教えてもらった気がする。その気持ちを言い表わす言葉を知らないと、だんだんと悶々《もんもん》として、そのうち気づかなくなってしまうことも教わった。不定期で設けてくれたその雑談は、僕にとってはまるで人間の取り扱い説明書を読み聞かせてくれているようだった。

校庭の隅にある体育倉庫に、スプレーで派手な落書きがされていたことがあった。その頃、近くの高校生や暴走族が、僕たちの小学校に夜中に入り込んで、窓ガラスを割ったり、いたずら書きをする事件が何度かあった。朝礼で校長先生が、そういった行為は決して許されることではありません、と話していた。夕方くらいまで、ドッジボールに夢中になっていたとき、それらしい高校生の集団と出くわしたこともあった。ものすごく大人に見えて、ものすごく威圧的だった。

体育倉庫に派手な赤のスプレーで落書きされた次の日、北村先生はシンナーを使って雑巾《ぞうきん》で黙々と落書きを消していた。僕たちが先生に近づくと、「くっせーぞ」と笑いながら、シッシッ、あっちへ行け、と手で追いやった。僕たちの誰かが「消しても、どうせまた書かれちゃうよ」と先生に声をかける。先生はこっちも見ずに、声を出して笑いながらしゃがむと、また黙々と拭《ふ》き始めた。拭きながら「消さないと、また書けないだろ」と、やはりこちらも見ずに笑って言った。

僕は多分、あの頃の北村先生の年齢を越えてしまった。チャイムが鳴ったらダッシュで図書室に走って行きたくなるような物語を、いつか書いてみたいと密《ひそ》かに思っている。

【文庫版特別収録】

考えるな、間に合わせろ

振り返ってみると、社会人になってからずっと、「締め切りに追われて仕方なく納品」ということを繰り返す日々だった。

今日、池袋の中華料理屋で、たまたまついていたテレビのワイドショー番組を観《み》ていたら、とある有名なイラストレーターが、「背景の色がやっぱり気に食わないから、全部やり直すことにした。よって締め切りは半年延ばしてくれ」というような内容を、クライアントに伝えていた。クライアントは笑顔で、「先生に言われちゃ仕方ないよなあ〜」と言って、やすやすと納期が半年延びる。

僕は生姜焼《しょうがや》きを食べる手を止め、その映像に釘付《くぎづ》けになった。僕の人生で、一度も遭遇したことのない場面だったからだ。僕は二十代から四十代の初めまで、テレビの美術制作という「なんですかその仕事？」という職業に就いていた。テレビの番組内で使用される小道具、画面に表示されるテロップ、フリップなどを、短納期で作って、テレビ局に納品するというのが主な仕事内容。他にも一般企業のパンフレットやCGなども取り扱っていたが、僕が任されていたのは、朝の情報番組だった。一番忙しい時間帯は、だいたい午前三時前後だと思う。電話は常に鳴りっぱなしで、二〇〇〇年代頃まではファックスから吐き出される発注用紙が巻物のように溢《あふ》れかえっていたのを憶えている。

「この画像、差し替えになったんで、こちらの画像に入れ替えてもう一度作ってください！」とADから連絡が入ったとき、番組自体はもう始まっていた、なんてことも多々あった。

「クオリティは大切だが、締め切りはもっと大切だ」というところで生きてきた。

一度、約束の時間よりも三十分遅れて届けてしまったとき、「この部分をどの色にするか、何パターンか用意しようと思って、遅れてしまいました……」と僕は言い訳をしてしまった。それを聞いたクライアントはこちらも見ずに「考えるな、間に合わせろ！」と吐き捨てるように言った。かのブルース・リーは「考えるな、感じろ」という名言を残しているが、僕はそのときからずっと、「考えるな、間に合わせろ」というクライアントの言葉を胸に、仕事に臨むようにしている。

最初に小説を書いたのは、『cakes』というWebメディアだった。連載をまとめて一冊にしたあと、ものを書くという仕事をつづけるかどうか、正直僕は迷った。ありがたいことに一冊目の単行本は、ある程度売れて、「次もやりましょう」と担当編集者の方から声をかけてもらった。しかし「声をかけてもらっているうちが華」と、もうひとりの自分が心の中でつぶやく。正直、もう書けない気がしていた。もう少し解像度を上げていうと、もう商品になるようなものを作れないと思った。

僕が単行本を出した頃は、Webメディアからとにかくたくさんの物書きがデビューしては消え、デビューしては消え、という時期だった。だいたいが、ネットで発表していたものをまとめて一冊にし、「フォロワー〇万人！」と帯を付けて売るという商売。僕の知り合いのライターも一冊、記念受験のように本を出して、「人生のいい思い出になったよ〜」と記念受験丸出しの感想を述べた。彼らの多くが単発のコラムなどの依頼を何気なく受けては、平気で締め切りを破っていた。破るのもまた、「ぽさ」だと楽しんでいるように僕には映った。そういうものなのかもしれない、くらいに自分も気持ちが傾いていたとき、とある雑誌から「週刊連載でエッセイを書きませんか？」という依頼がくる。ダサすぎて隠蔽《いんぺい》したい事実を告白すると、同じタイミングで「ツイッターのつぶやきをまとめて一冊にしませんか？」という依頼もきた。一瞬迷った（迷わないで）。エッセイなど、もちろん人生で書いたことは一度もない。いまから六年前の出来事だ。

「考えるな、間に合わせろ」あのクライアントの言葉が、もう一度、僕の真ん中あたりで疼《うず》いた。生放送が始まっているときに変更の電話をしてきたADは「間に合いますか？」と最後に必ず聞いてくる。「やってみます」と僕は必ず返していた。結果、無理だったこともあったが、そういう姿勢でやった人間にしか、次の発注はこないことを、業界に長くいる人間なら誰でも知っていた。

僕は「どの仕事も根底は一緒だ」と確信している。納期を守って、発注者の意図を汲《く》み取って、予算内で収める。それが仕事だと思っている。せっかく乗りかけた船だ。ものを書くという仕事でも、一度最善を尽くしてみようと、週刊連載の依頼で、やっと腹をくくることができた。

「やってみます」と週刊誌の編集者に返信を送った。週刊連載の締め切りは、週に一度必ずやってくる。慣れたとは未《いま》だに言い切れない。ただ、その日からずっと、雑誌を変えながらも、週刊連載という形態をつづけている。

社会人になってから、「締め切りに追われて仕方なく納品」という日々にずっと身を置いている。もう無理だ、と思うことは月に一度くらいはある。そんなとき、「考えるな、間に合わせろ」というあの言葉が、僕を何度も奮起させる。

解説　それでも日々が続くならいつか「Ｆｕｔｕｒｅ！」

大槻ケンヂ

サクサク読めてクスッと笑えて時に涙腺《るいせん》にグッと来る、そんなエッセイを書かせたらハッキリ言って今トップであろうことは間違いない燃え殻氏と僕が初めて会ったのはもう7〜8年も前だ。ある時マネージャーから〝もえがら〟という人と対談して下さいと頼まれた。「……も、もえ……何柄？」まったく知らなかったので何度も聞き返した。なんでもＳＮＳで沢山フォロワーのいる人物が〝燃え殻〟と名乗っていて最近小説を出したそうなのだ。なんだそれはウサン臭いしかない話じゃないか。なんかやだな。「でも大槻さんの本の読者らしいですよ」「あ、その吸い殻さんが？」「燃え殻さんです。先方は書店での対談を希望してます」と言って一冊の本を手渡された。「ボクたちはみんな大人になれなかった」と書名にあった。スッキリした、雰囲気のいい装丁だった。「じゃ、ま、いいよ」と言ってマネージャーの指定した対談の期日を予定表に書き込んだ。家に帰ってペラペラとその本をめくったら、面白かった。引き込まれた。アッという間に読了した上に、ジンと胸熱く感動までさせられていた。ノスタルジックで、受け入れがたい現実をそれでも受け入れようと願う哀《かな》しさと愛《いと》しさを感じた。本を閉じ、「こんな強いものを書く作家なんだ。スゴイぞ燃え殻！」と思ったらちょっと緊張した。それで改めてさっきの予定表を見直したのだ。すると〇月×〇日の対談相手として「抜け殻」さんと書いていた。殻しか合っちゃいなかったというね。

で、当日会ってみると燃え殻さんは予想以上に僕の作品を知ってくれていた。特に『リンダリンダラバーソール』という自伝的小説について大好きだと言ってくれて、うれしかった。そして話がころがった。それは彼の〝聞き取り力〟の強さによるところが大きいと話しながら思った。その後にラジオDJとしても人気となる彼のこと、相手から話を引き出す術《すべ》に長《た》けていたのだ。話をしていて心地よいし、なるほど彼の周りでエッセイのネタとなるエピソードが起こるのは、そうやって燃え殻さんが人々からいい塩梅《あんばい》に話を引き出しているからだという側面もあるのだろうなと思った。その時もついつい、僕もいろいろ話してしまった。

「あのねぇ燃え殻さん、その『リンダリンダラバーソール』のヒロインのコマコっていうのは、実は存在しないんだよ。あの子だけ創作なの」

「ええっ、それショックですよ。ずっと本当にいる人だと思ってたのに、大槻さんこんなことまで書いちゃうんだ、こんなことまで書いちゃっていいんだって影響を受けたのに」

と、ついつい話してしまった創作裏話に燃え殻さんがいちいち反応してくれるのでまたうれしかったんだが、僕もまた彼の作品に影響を大きく受けた。

彼の作品は『ボクたちは……』以降も多く読んでいる。どれも間違いなく面白い。特に難しい言葉を使うこと無く、普段あまり本を読まないであろう層にも読書という行為の敷居を下げてスッと読ませるその文章の巧みさは、1980年代に昭和軽薄体などとも呼ばれることのあった、カウンターカルチャー、サブカルチャーの作家達の技術をブラッシュアップして継承して、しかも独走するかのようだし、やはり80年代には書店にあふれていた、雑誌の文化を支えた雑文・コラム・ライトエッセイの類《たぐい》を読むことの面白さを、令和の今に伝えることのできるほぼただ一人の作家であると思う。

「ああっ、面白いなぁ」とほとほと感心して、数年前に某編集部から「大槻さん久々に本書きませんか？」と依頼の来た時に思わず「あ、燃え殻さんみたいの書けたらいいなぁ、なんかこう、みんながスマホをいじるのをつい忘れてページを開きたくなっちゃうような、気軽に触れることのできるエンターテイメントな本」と言ったほどだ。

今回『それでも日々はつづくから』を読んで、あらためて燃え殻エッセイのどこが面白いのかを考えてみた。その一つは意外に読んだ後すぐ忘れちゃうところではないかと思った。「それっていいことなの？」と思われるかもしれない。でもこれっていいこと。僕もエッセイを書き倒してきたし読み倒してきたのでいいことなのだと断言できます。読んだ時に楽しくて、でもその後に内容忘れちゃって、また何かの時に読んで「あれ？　このエッセイ、前にも読んだような気がするなぁ」と思わせるくらいの味加減がエッセイには大事なのだ。エッセイは小説より何度もくり返して読むことが多いだろうし、ヒマつぶしにパッと読んでもらうためには忘れてもらえることが実はとても大切。燃え殻さんのエッセイにはその〝忘れられ力〟がある。働かない友達の話とか「イノセントワールド」を作曲したと言うバイトの先輩の話とか「あれ？これ前も読んだっけか？　別の本か？」と他の燃え殻さんのエッセイ集まで読み直し始めてしまう。くり返して読ませるための味加減が絶妙なのだ。

「現状維持でもよくね？　みたいなテンションで働いている店主が作るまーまーな味のちゃんぽんは、人を緊張させせない。気を抜くと半分残してしまいそうな味だが、半分残しても、完食しても、店の誰もが気にしていない感じがいい」

と、本作の「まーまー好きだった人」の章で燃え殻さんは書いているが、この「まーまー」のバランスをエッセイで仕上げるにはどれだけ極上のテクニックが必要なことか。燃え殻さんのエッセイが無限に読んでいられるのは忘れられ力とまーまー力がハンパ無いからだ。言わずもがなこの場合の「まーまー」とは最大級の賞賛である。

そしてもう一つ、この引用からも一目瞭然《りょうぜん》である。燃え殻さんのエッセイは常に市《し》井《せい》の視線から書かれていてけっしておごりたかぶることがない。そこに多くの読者は共感する。そうして大衆の代表となった作者が、時に「四十歳を超えて年収が一千万円以下の人間はクズだね」と言う起業家や、長時間人を待たせて一言も謝らない有名ミュージシャン（僕じゃないです！）や「三十歳までに仕事をセミリタイヤしたいんです」と突然呼び出してくる二十三歳の資産家などに出会い、困惑するのだ。燃え殻さんはそういった時に怒り散らしたりはしない。ただひたすら「はあ」などと言って困惑するのみだ。

「彼の秘書と称する女性は、白いスーツを着ていて、高級割烹《かっぽう》店でひときわ異彩を放っていた。僕はただ、『はあ』を繰り返すことしかできない」

二十三歳セミリタイア男についての燃え殻さんの反応である。だがこの「はあ」こそが市井の人の、イヤミなセレブ気取り、勘違いの富裕層への反撃力として最強なのだ。怒ってしまったら自分がバカになる。相手にしたら同じアホの土俵に上がってしまう。「はあ」と作者が困惑することで相手が一瞬にして道化者と化してしまうことによって、読者は読んでいてスカッ！　とするのである。燃え殻さんの「はあ」を読む時、読者は現代の常識人として己のプライドに誇りを持ち、金と欲に染まったヤなやつらを読書によって断罪、そして言ってしまうと優越感を得ることができるのである。だから読んでいて気持ちがいいのだ。

燃え殻エッセイの面白どころを挙げていったらキリが無い。もう一つだけ探すなら、それは時に作り話めくところであろうか。「これって……本当にあった話かな？　一編まるごと燃え殻さんの創作じゃないの？」と思わせるエッセイがたまにある。本書でいったら「家出少女とピンク映画」「じゃあ、このまま行こうよ。熱海《あたみ》」の二編はかなり「これ作ってね？」という読後感がある。真相はわからない。でもエッセイというのは、身の周りに起こった事実を書きとめるだけのものでなくてもよいと個人的には思うのだ。エッセイはもっと自由だ。自由でよいと思う。空想が浮かんじゃったら、その、空想の浮かんだ今という日常をスケッチする行為というのもまた、エッセイの技法として成り立つものだと僕は思う。事実か盛っているのか創作なのか真相は不明だとしても、とにかく燃え殻さんの書くエッセイは、物語として面白い。だから作り話めいたところがあってもむしろＯＫなのだ。

他にもいろいろ燃え殻エッセイの面白さはあるのだけれど紙数が尽きた。対談では昔の恋愛をやたら愁《うれ》える燃え殻さんを僕が「そんなんじゃダメだよ〜」と叱咤《しった》激励する展開となり、僕が「どうせ何があったって時が過ぎたら全部忘れちゃうんだからさあ」と彼をドヤしたものだ。「はあ」と答えたか「そうっスね」と言われたか覚えていない。そしてお互いプロレス好きとわかり、僕が「未来を見ようよ。プロレスラーの木村健悟がイナズマレッグラリアートを打つ前に指一本立てて『イナズマッ！』て叫んだじゃない。あの感じで『未来……Ｆｕｔｕｒｅ！』と二人で叫ぼうよっ」と意味不明の提案をして、二人で本当に木村健悟選手みたいに指一本立てて「Ｆｕｔｕｒｅ！」と声を合わせた記憶がある。無茶ぶり。やっぱりやな感じだったミュージシャンってオレのことかなぁ（汗）。違うと思うんですけど、ちなみにその後に発表された燃え殻さんのエッセイ集のタイトルは『すべて忘れてしまうから』であった。あ？もしかしてあの時の言葉使ってくれた？　いやこれはまぁ偶然だと思うけど、対談後に発売された筋肉少女帯のアルバムタイトルは「Ｆｕｔｕｒｅ！」だ。こちらはあの対談の時に叫んだ「Ｆｕｔｕｒｅ！」が気に入ってつけたものなんです。

（二〇二四年十一月、作家・ロックミュージシャン）

この作品は二〇二二年四月新潮社より刊行された『それでも日々はつづくから』に「小説新潮」二〇二四年二月号「考えるな、間に合わせろ」を加えたものである。

それでも日々《ひび》はつづくから

新潮文庫　も－45－5

令和七年二月一日発行

著者　燃《も》え殻《がら》

発行者　佐藤隆信

発行所　株式会社 新潮社

郵便番号　一六二―八七一一
東京都新宿区矢来町七一
電話　編集部(〇三)三二六六―五四四〇
　　　読者係(〇三)三二六六―五一一一
https://www.shinchosha.co.jp

価格はカバーに表示してあります。

乱丁・落丁本は、ご面倒ですが小社読者係宛ご送付ください。送料小社負担にてお取替えいたします。

印刷・大日本印刷株式会社　製本・株式会社植木製本所

ISBN978-4-10-100355-9 C0195